放逐天涯客

「婉冰極短篇小說集」

婉冰 著

代序　婉冰微型小說的故事與立意

劉海濤

相識婉冰及她的夫君心水已有十六、七年了，我們都是在參加東南亞國家與地區舉辦的第一屆至第六屆的世界華文微型小說國際研討會時相見。我那時只知道婉冰和心水是越南華僑，她們全家經歷過海上逃難、異國漂泊的艱難歲月，只知道心水是一個華文作家，他把一家人的苦難經歷寫成過兩部長篇小說「沉城驚夢」與「怒海驚魂30日」和無數篇微型小說。

只知道婉冰伴陪夫君、輔佐事業，偶而還在華文作家的聯歡會上唱幾曲正宗的粵曲。我還真不知道，這個很有儒雅氣質、承擔著相夫教子重擔的婉冰近些年來，在世界華文作家切磋、研討微型小說的氛圍中，居然也耳濡目染、躍躍欲試地寫起微型小說來。因而，當婉冰在唱那些正宗的、有滋有味的粵曲體現出她一種難能可貴的文化氣質時，我就直感到她寫微型小說可能會成功。

果然，婉冰寫的這幾十篇微型小說還真行。她的微型小說無論是寫越南、還是寫中國、以及寫澳大利亞……，它們都有一個共同的特點：婉冰多數的微型小說故事性都很強，也就是說，她的作品裏的故事元素的構思和表達比較到位。像《蒼天張眼》、《河畔情結》、《揮別哀傷》等，整體的微型小說故事結構完整，有開頭、發展、高潮、結局，每個敘述環節的齊備營造了我們接受審美閱讀的全過程。像《情已逝》、《楓林道上》等，婉冰還非常有分寸地不把故事講滿、講透，留下很多微型小說的情節空白供讀者去想像。所以，我首先報告大家，婉冰的微型小說文本篇幅比一般人要稍短，常常在一千字到一千五百字左右，但婉冰的微型小說故事是構思得當，敘述緊湊，情節基本完整，能夠藝術地提供微型小說故事的審美要素和審美過程。

有了完整的故事後，婉冰微型小說的立意是積極、正面的，很有正義感，很能通過貶損假醜惡來體現生活中的真善美。她往往要通過精彩、完整的微型小說故事和人物的命運，表達她對生活的理解、人性的感悟，她對愛情、家庭的獨特的帶有女性體溫的生命體驗和審美認識。

《敲碎紅魚》非常殘酷地寫出傳統文化氛圍裏的家婆竟用巫術來詛咒自己的媳婦，把一種人類人性中的一種極為矛盾的社會文化心理表現得真實而震憾心靈。婉冰寫有好多篇愛情悲劇、家庭悲劇：《河畔情結》中的主人公老方，他的家庭悲劇實際上是自己親手造成的。《蒼天張眼》中越南軍人的家庭慘劇，實際上是善惡相循、因果報應的藝術概括。《未雨綢繆》裏老害別人自己總有一天會被別人所害。無論是哪一種故事悲劇和人物命運，婉冰都在其中寄寓了自己的道德評判和人性理想。儘管婉冰作品中有亮麗的尾巴的故事並不多，但她的故事立意裏一定是有婉冰強烈的生命體驗和女性對男性以及是對人性的深刻洞察。這就使得婉冰的微型小說故事帶上了沉甸甸的生活哲理、歷史哲理，她的作品在立意上就能夠有啟迪人生、震撼心靈的審美閱讀功能。

婉冰的微型小說故事在敘述時很有自己的個性風格。她的微型小說語言採用文白相間的顯出精煉的傾訴方式。這一方面，我看出：婉冰對中國傳統小說《紅樓夢》等的熱愛，不知不覺中，她的微型小說文白相間的敘述語言，即包涵了中國傳統文化的韻味和意義，又形成了她的微型小說語言精煉、簡潔又略帶文采的個性特點。這種微型小說敘述語言的形成，讓婉冰的微型小說創作，一起步就構成了與別人很不相同的風格。

因此，我說婉冰的微型小說創作，以她的精彩的故事，有深度的立意，有特色的敘述，一下子就給了我們一份驚喜的禮物。哦，婉冰，你可以繼續寫下去喔！

二〇一一年十一月十日於湛江

（劉海濤，世界華文微型小說研究會副會長，中國寫作學會副會長，
湛江作家協會主席，湛江師範學院工會主席、文學教授。）

代序　如聞其聲，如入其境

古遠清

婉冰在臺灣出版的微型小說集《放逐天涯客》，寫的是海外華人的各種生活現象。這其中有「遊子心」，也有「情義結」；有良好市民，也有陰險的毒販。生活場景有「楓林道上」，也有「夕陽哀歌」，真可謂是琳琅滿目，多彩多姿。

我與婉冰相識在十多年前，場合大多數在海外舉辦的微型小說研討會上。平時交往不多，也很少通信，但我時時留意著她的創作。二〇〇六年到汶萊出席世界華文微型小說研討會，我提交的論文是評婉冰丈夫、心水的《養螞蟻的女人》。為了活躍氣氛，我故意讓婉冰與我互動，問她有沒有養過螞蟻之類，引發聽眾一陣陣笑聲。她配合得非常默契，給我留下了深刻印象。

我欣賞婉冰創作的路數，可能與我欣賞其夫君的微型小說有連帶關係。他們都有本職工作，可業餘時間一直對文學創作有濃厚的興趣。這對文學伉儷，都有一個共同創作路數，即寫新老移民在海外發生的中西文化衝突，但兩人角度不同，婉冰著重寫的是男人——從女人眼中看男人，故有自己的特色，如《天網》中寫的「油光擦亮禿頂，肥頭大耳，容貌鈍如豬樣的那位中年男士」，就令人過目難忘。這自然是漫畫手法，但從這手法中不難窺見作者的愛憎。當然，作者並不是見男人就醜化，見女人就讚美，如這位中年男士「抱著的那位妖媚妙齡女郎的肩膀，她突然伸出染血紅寇丹的手，嬌爹地也圍繞肉柱般的頸撒嬌說」，這是作者對當今社會流行的「男財女貌」所繪製的一幅諷刺畫。

《放逐天涯客》中的人物差不多都是世俗男女。婉冰給自己定下的創作原則是：第一，不寫領袖式的偉人或英勇就義的戰士，二是不寫轟轟烈烈的社會事件。當下的小說——尤其是中國為紀念中共建黨九十周年的小說，歷史似乎均變為英雄或烈士的歷史。談起那段歷史，給人印象最深的不是英雄造時勢就是時勢造英雄，形成一種公式化的語境，而在海外婉冰的小說中，是找不到這種模式的。像《天網》中的丁總，臨死前「浮現在眼前的是汶川，那倒塌的房屋和學校。那呼妻喚兒，覓母尋夫的悲慘狀，恍若數以萬計的冤魂在空際飄浮，齊齊向他伸手……」。這裏的丁總似乎是一位憂國憂民的英烈，其實他是發橫財的商人。他被情婦掠走的大量美金和珠寶，全是來路不明。他臨終前出現的幻覺，是「人之將死，其言也善」的體現，並不表明他是位慈善家。

在那眾多鮮為人知的《雲開見月明》或《情陷中骨文》等故事中，婉冰並沒有顛覆我們所熟悉的母女關係的倫理教義，作者更著重的是人性本身，如《稀客》中的高太太先後請道士和神父為女兒驅鬼，其行為看似荒唐，但其中所體現的是一份濃濃的母愛。她的行為和心態，在海外華人中具有一定的典型性。

微型小說寫人物，寫事件，通常給人們的印象是浮光掠影式。婉冰《稀客》寫凌神父手持十字架和《聖經》驅魔，也屬走馬觀花式，但由於婉冰事先做了充分的案頭準備，對迷信風俗的大致過程尤其是中外的差異做到心中有數，故「處處黃紙飄飄，各門窗仍貼著靈符。神父口中呢喃經文。」寥寥數筆，就讓讀者如聞其聲，如入其境。

婉冰是一位生長期不算短，成熟期也不算晚的作家。雖不能說她的成熟期是以《放逐天涯客》為標誌，但從小說敘述學的角度看，真正屬於她自己的人物、事件、對話和氛圍描寫，已達到自如的境界。回頭看看，她比較有新意的作品都收集在此書中，特向她祝賀。

二〇一一年七月於中國武漢

（作者古遠清先生、武漢中南財經大學教授、「世界華文作家交流協會」學術顧問、著名文學評論家。）

代序　婉約迷人的小說

心水

一九九八年十一月內子婉冰出版首部散文與微型小說合集「回流歲月」，至今轉瞬十多年；她於二〇〇六年二月發行的「擾攘紅塵拾絮」，卻是澳洲華文詩壇第一部漢俳詩集。相隔六載後的龍年，其新著極短篇小說集「放逐天涯客」即將面世，有幸作為此書原稿的第一位讀者；又請我代撰序文，躊躇猶豫，唯恐貽笑方家。因閨命難違，幸有「內舉不避親」之說，唯有硬著頭皮勉強為之，試以閱讀後感受略陳心得，還望文評家們不吝賜正。

一九九三年婉冰心血來潮開始投稿，翌年就發表了首篇極短篇小說，在過去長達十八載裏，她的「極短篇」作品不到百篇，平均每年四至五篇；其餘時間多撰散文、漢俳和詩作。算不上是多產的作家，一如她過往喜歡唱、演粵劇般，自視為業餘票友而非專業。偶而興之所至引吭高歌，全無壓力的自唱自娛。靈感湧現時便伏案創作，撰寫文章、小說更無半分功利思想。全是隨緣隨喜，作品量少也就不足為怪了。

她操曲的美妙嗓音來自天賦，動人的歌聲無師自通；作詩寫文撰小說，亦如我一樣自學而成。擁有蘭質蕙心及智慧，再加上就讀高中時、課餘曾在當代大儒趙大鈍老師門下修習古文（趙老師定居澳洲雪梨郊區、已九十餘歲），打下良好中文根基。因而、其詩、文、小說選字遣詞極見典雅、國學功力自然流露無遺。

「極短篇」分為多類，這部集子所收錄篇章，總括看來，多屬揉合散文筆鋒類。行文或形容，都可見到優美散文章法，絕非時下那些流行通俗言情作品的泛泛之作。試引已被「維州華文作家協會」出版的選集、採用她那篇「楓林道上」作為書名，此篇文句如：

「楓樹急忙伸展綠掌，向晴空獻媚求吻，竟教春風恣意耍弄。」

「其憂鬱眼神寫著無奈與哀傷，惹得花草被感染盈淚相望。」擬人化的豐富想像力，花草竟能「盈淚相望」？

「良好市民」中：「長空閃爍的群星，正偷偷張望著，引證人性的虛偽；皓月也在努力，欲射穿其白天所說的謊言。」將群星與皓月看成有靈性之人了。

「喜訊」：「輕盈旋動那條黑色呢士薄薄軟軟長裙，是那麼瀟洒飄逸。通花雅緻的布料，隱約透現膚色內衣，是充滿無限誘惑。」對穿著形容將女性誘人姿色顯現，若無細微觀察力，不易如此描述。

「稀客」：「忽然鏡中出現秀髮披肩，曲線纖美膚色若雪的洋少女，嘴角扯露陰淒笑意。影像在身旁隱約飄移……」將幽靈鬼影、當成走在街上的洋美女了。

「淒冷冬夜，寒風颯颯，被強撼樹影無奈地參差，彷彿像蠢蠢欲動幢幢魑魅；逼逗得墨爾本的夜空更凍寒，讓星月漸減退皓亮。」此篇「冬冷碎童心」首段描寫仿似幽美散文。「僅汪伯遲緩的膠鞋步履聲，正在無奈地敲擊著寂寞地板，器皿趕緊用不規律響聲，不斷的和應。」西方社會老年人悲歌的寫照，反映現實的「燭淚滴殘年」仍用擬人化形容，以「地板寂寞」反射了汪伯的孤單？器皿居然會「和應」？像此類巧思在集中篇章頗多。「誰識寸草心」將社會時事當題材，逆轉結尾始知富家女的身份，令讀者驚訝。微型小說結局運用「逆轉式」而不流於公式化，能讓讀者深感意外而符合事實，非有巧妙靈思難處理。如何令讀者信服「逆轉」合情合理，又不到最後一段無法測知，都是考驗極短篇小說作家的本領與技巧。

這本集子多篇創作、婉冰皆應用了「逆轉」方法，驚奇的結局往往讓讀者大感意外，完全達到極短篇迷人境界。

用作書名的那篇「放逐天涯客」，婉冰於一九七八年舉家海上逃難、倫落印尼荒島十七日的惡夢，竟化為與自身苦難無關的小說。描述千辛萬苦投奔怒海後的倩兒最後被姦殺，其父老程瘋癲自語：「是妳曾經謀殺的鬼魂找妳償命吧！」那位越戰時「為虎作倀」的越共女特工倩兒，終於橫死新鄉，逃不出善惡報應因果律。

由於婉冰有國學根基，平素又愛唱歌詞典雅的粵劇；更喜歡閱讀「紅樓夢」及唐詩宋詞；其微型小說打題，已蘊含雅意。如：「多情只剩春庭月」、「重施迷霧惑心魂」、「燭淚滴殘年」、「風動舊夢寒」等等。

讀婉冰這冊「放逐天涯客」極短篇小說集的五十八篇作品，雖非篇篇為精品；但其迷人處，是同時可感受到她婉約筆法，靈巧構思以及清麗雅致的散文佳句。

還是留待讀者們慢慢細讀吧，行文至此是該打住了；不然會有「老黃賣瓜」之嫌啦！

二〇一一年除夕、墨爾本初夏於無相齋

（心水、「世界華文作家交流協會」創會秘書長、「世界華文微型小說研究會」理事、「世華作家交流協會」網站總編。）

自序

婉冰

一九九三年始，我憑着對文學的熱愛，，外子心水的多方導引和鼓勵下，開始嘗試筆耕。因為喜歡閱讀，愛聆聽別人道說；發生在社會上的種種事件，閒時總會引起胡思亂想，竟荒謬地陷入暮境織夢期。

許是我生性多愁善感，常讓自己廁身於故事中；隨喜而笑，為悲情不禁陪着灑淚。無形中勾起了靈感，就創造成一篇篇的極短篇小說。

因感嘆繽紛的社會中，暗潮四伏，並非處處是坦途。每一個外表看似完美的家庭、或多或少都會有些危機波折藏匿，（正所謂家家有本難念的經）是吾們未能洞悉。尤其是如我等這些自幼承受中國固有傳統道德觀念，薰陶和教育成長的女性；對幸福婚姻的忠誠信仰，並以為愛情是專一的期望，肯定是接受不了夢碎的痛傷。經多方思量再思量，不顧文筆膚淺笨拙；以家庭背景為題材，用社會百態為其軸心，寫就不同的故事。以牽引出不同的篇章，是讓能於萬一成為借鏡。雖未敢奢望能收醍醐灌頂之效，若藉此書使讀者在翻閱過程中，能提起警覺，此所願已足矣！

自知拙作膚淺，曾出版的兩本書，或已足夠貽笑方家，畢竟是盡力而為的心血結晶，不避敝帚自珍之嫌，將數年間在報刊、雜誌曾發表之作，再重新修訂編審而又結集成書。期文壇前輩、文評專家們不吝賜教，亦盼讀者們予以批評和支持，果能如此將是我的幸運期望。

拙書次序排列以題目字數多寡為準則，先後並無優劣之別。創作極短篇完全是隨意隨心，在無任何壓力下隨靈思飛馳而在鍵盤上敲打，完成後每每存檔凍結，等閒暇時再細讀、重複悉心修改。認可後都是先讓外子作為首位讀者，為拙文校對錯漏字。有時他也會提供意見，或費心為我修正，讓其故事更耐讀，更可引發其趣味。

選取結集內其中一篇同名作品為書名，亦因身為怒海餘生難民，當年被迫天涯放逐之情境，侍奉雙親攜帶幼年子女，歷經艱險的悲苦時日，至今仍然歷歷在目，像烙痕般不滅之故。

遠在中國湛江的劉海濤教授與武漢的古遠清教授，在百忙中特為拙書撰下代序，令筆者和拙書同增添榮寵，衷心銘感！

特此深深感激外子心水、在我文學途上的悉心關照扶持，並常常鼓勵不輟。自認無法與夫君的才情相較，雖不便啟口，內心其實早視之為「師」，若無他相伴並時加督促，疏懶愚鈍如我，豈能再有著作面世？本書校對的繁重工作，也都是夫君代勞，感恩之至。

多謝讀者和部份文友們的支持，使我能有繼續創作的動力。也向出版社致謝，因其惠賜機緣，拙作才可成書面世。

最後、僅將此書贈予生我育我，終身執教鞭的母親，和商場得意的嚴父。謝謝父親的諄諄教悔，慈母鞠育深恩；我和兒孫是幸福之人，都沐浴在您們偉大的慈愛裡，讓我們於非常快樂的童年中長成。第一本拙作面世時，嚴父已逝，故未識弟妹中被認為最愚蠢的我，也會當爬格子動物（現是敲鍵盤）。此書的本意要呈獻慈母，是其九十華誕賀禮，惜仍未能趕及去年慈親仍在世時出版，實感終生遺憾，祈母親大人體會女兒心意，並祈母親在天之靈安息。

二〇一二年初夏、元旦夜於墨爾本

CONTENTS

婚宴

杜香瑩躺在皮沙發上，茫然地望著電視。那張如鮮花般，溢滿青春的臉，被愁霧籠罩且隱現一抹怒氣。她把手上的遙控器不停的猛力按動，仿若是電視把她招惹了。每每憶起媽媽生前的點點滴滴，淚珠總難抑制，任其從美麗修長明亮的眼睛瀉落。

一年前、病床旁的生離死別，爸爸緊緊握着母親枯瘦的手，還痴情地痛哭說：

「菁，妳安心去吧！為了我們的女兒，我是決定不再婚，我不會讓女兒受委屈的……。」當時他悲悲切切的情景，逗得醫護人員也隨之灑淚。可是、在數月前他已忘記了許諾，已忘記了女兒，每晚遲遲未返，和第二春追尋快樂。

親友和同學們都羡慕香瑩容貌美麗，肌膚凝雪，是其父母優點的結合。剛滿二十歲的她最近卻一臉無奈和無助，聽說那新歡年紀與她相仿。也算是美女胚子，她越想越恨，把怨氣發在遙控器上。

近日、香瑩却一反常態，終日如沐春風；臉上霧雲褪盡，顯現明月般的華光。對父親言詞雖然親切如昔，但在家共處的時間是非常少，偶而相遇也是匆匆數語，這也許是他們能和平相對的緣因了。

這天、父女倆難得同進晚餐。碩壯的父親杜光先開口說：

「瑩，下月十八日是我和木蓮正式成婚，我倆在一起的日子也不算短了，始終也該給她個名份呢，對不？希望妳能體諒和接受她。我深信妳們相見後，會彼此喜歡的。下週我帶她回家晚餐，讓妳倆先交流溝通，記得提早回來啊！」杜光拉著女兒的手輕拍著，語調極為溫柔。

香瑩放下筷子，用紙帕輕輕按擦嘴巴；又再拿起筷子夾了一塊燒肉，放進口中慢慢嘴嚼。然後低頭沉思，空氣靜寂得使杜光緊張，忽然香瑩慢條斯理地微笑說：

「爸爸，恭喜！我也正要告訴您，我也剛巧定在下月十八結婚呀！」瑩淡淡地說，彷彿在談論別人的事情，嘴邊仍掛那抹微笑。

「妳什麼時候開始拍拖的，妳不是還在唸大學？年紀輕輕妳急什麼？」杜光氣急敗壞地發問，女兒的婚訊，使他如聞旱天雷般驚嚇。

「爸，其實我也不小了，你的新伴侶也僅大我兩歲而已。哎！爸不如我們同日舉行婚禮，讓其成為一段佳話好嗎？也可方便親友，又可開源節流。所以大家的另一半，暫時也保持神秘，等那天才彼此認識不是更有趣？故請柬也只用新人的名字，各自派發；脫離世俗，唔！多好玩多有意思。爸答應吧，我以後會接受這位新媽媽的。」杜光默然無語，為了讓婚事順利進行，也只好無奈何地應允。

木源已八十出頭，仍有高䠷挺直的身軀，精神也飽滿。性格開朗瀟脫的他，生活愉快。兒、媳雖已早逝，唯一的孫女，愛西方思想，豪邁奔放，學成後也遷居了。年青人崇尚自由，久久才記起爺爺，故難得回家共聚。得知孫女將於同日聯婚，老懷安慰。為了未能親臨主持，提早送一部高級豐田牌汽車作賀禮。彼此興高彩烈，各自忙碌辦婚禮。他答應女伴要求，雙方親屬暫時保留神秘。她說要讓婚禮永遠難忘，如此美麗嬌妻當然是她說才算。想起未來的幸福日子，連走路也如沐春風。

家境也頗富裕的兩方婚宴，選在墨市有名的禮堂舉行，賓客也彼此熟悉，陌生客人不多，氣氛非常融洽。笑語音、祝賀聲洋溢大堂。

悠揚結婚進行曲中，美麗的新娘木蓮，竟笑容欠奉。杜光更面如瀝青，仍勉強用微微發抖的手拖着新娘。這另一對，把滿頭銀絲染得烏黑的新郎，列着那口假牙，扯動縱橫滿佈皺紋；像撥瀉墨汁，點點滴滴如星盤的老人斑臉，竟是笑得攏不了口，正向賀客展示其高興得無法形容。香瑩興奮的情緒也在無限高漲，她為自己的創作給了滿分。

賓客已在騷動，紛紛悄悄的交頭互語：

「媽媽咪咪呀，真叫人匪夷所思，是該叫爺爺？還是叫岳父？是認女兒？還是認祖母呢？」

香瑩忽然有股衝動，好想縱聲狂笑，但她強行抑壓。其實她早已探知爸爸的新歡是某退休富商的孫女，她也曾經想方設法；花了不少心思接近此老。每天在此老晨運的公園守候，主動追求。她早從友人口中得知，此老有意找伴侶；她為報復，甘願犧牲掉一生幸福。用青春陪伴這行將入木的老人，那木老真以為是艷福無邊，是天賜良緣呢。香瑩輕輕抹去滑下的淚珠，忽然很想痛痛快快的大哭一場……。

二〇一〇年八月於墨爾本

喜訊

白全緊閉兩片薄薄透紅女性化的唇，俯首默然。母親頗具權威的語聲響起，掩沒弟妹們雜亂的議論。白全心裏明瞭，婆媳、妯娌、姑嫂間，總有調解不完的是非紛爭。尤幸父親從不發言，自得其樂地看報。他張開俊朗漆黑雙眼偷瞄了老爸一眼，盼父親能及時為自己脫困，反正懼妻之名已成鐵證。何況下班後人也頗疲乏，且轆轆饑腸已敲動鼓聲。終於、慈父聖旨頒下：

「太晚了，還不回去！」

他猶如獲釋囚徒，匆匆向籠罩寒霜般面孔的母親道別，拖起高瘦身軀快步而行。耳際隱約仍傳來媽媽忿怒叫罵聲：

「沒出息、老婆不要生育便由她作主了？是現代版的季常，老婆奴。如此窩囊，遲早綠帽亦會戴上。」

金桂在對鏡專注地描眉抹粉，塗好胭脂再細補豐滿紅唇，靈巧地貼在俏臉的那雙鳳眼，有股挑逗流盼。轉身向斜倚床沿的丈夫微笑，輕盈旋動那條黑色呢士薄薄軟軟長裙，是那麼瀟灑飄逸。通花雅緻的布料，隱約透現膚色內衣，是充滿無限誘惑。她拿黑色公事包配同色半高跟鞋，邊走邊說：

「別等我，你先休息吧，今晚我定要把合同簽妥……」擺搖曲線玲瓏身段旋舞般離去。屋裡仍飄盪一股清甜甜的香水味，白全呆呆地凝注牆壁上的結婚巨照，是使人讚羨男才女貌巧配。忽然耳際仍隱約重複着母親的話語：

「整日花枝招展的往外推銷，早晚肯定會出問題……」不會的、不會的……他喃喃自語，心裡忐忑不安，思緒混雜。便賭氣地蓋上被子，彷彿是驚怕，或是要躲避滿屋空寂。

白全、金桂是某次在商業社交酒會上認識，一見鍾情的人，墜入情網後很快便成婚。轉瞬三載，仍沒喜兆，難怪家姑諸多不滿。常常鼓勵兒子阻止太太任職於保險行業，以他高級工程師薪酬，養家活口絕沒問題。但金桂卻堅持反對。她不願作灶下婦，學而致用嘛！她不願埋沒自信的滿腹才華，所以遲遲未肯受孕生孩子。

「媽媽、爸爸、好消息，天大好消息；金桂懷孕了，您倆快可抱孫啦！哈哈哈……」那天、白全高興到手舞足蹈，已不復往昔斯文形像。

三月前、白全和金桂又為生育問題爭吵，當她外出後，白全以小針把全部安全套刺洞。計劃得逞，他靜靜等待，終於能欣賞自己創作成功，沾沾自喜地為喜訊而大宴親朋。

金桂陷入極端煩憂，初期還以為食物不清潔而引至嘔吐，經醫生診斷才明白是害喜了。但內心總感羞愧，深怕面對那位被自己欺騙，對自己深情的丈夫。

本來金桂已下了決心，結束被迫與上司的偶然偷歡。丈夫日漸憂鬱的神情，使她深深內疚。她為了能爬上高職位，而陪上司應酬喝酒竟被迷姦。她曾經想對丈夫坦誠訴說，但羞恥讓她難於啟齒；深知夫家傳統家規，是容不了失貞的她。想再廁身白家是絕沒希望，為此反復思量，還是強忍痛苦繼續上班。

在與上司面對時，再不敢落單；但怕事涉而遭人話柄，也不敢太露痕跡。恰當倒霉，那天兩口子吵架後，她生氣地自己往酒吧消遣，賭氣地再次約會上司狂歡不幸而成孕。

「老婆來看呀！我掛了這幅娃娃像呢，啊！嘩！多精靈的模樣，妳多看後，定會生個特別可愛的娃娃。」

天網

在雪梨富豪酒店的貴賓室裡，坐著三對老、中、青不同年齡的男女在用晚餐。他們衣飾講究，手上翠玉鑲鑽誇耀地閃爍，目中無人的高聲談笑。餐桌上菜餚極為豐盛，是一派富貴迫人的氣象。

油光擦亮禿頂，肥頭大口，容貌肥鈍如豬樣的那位中年男士，高聲舉杯說：

「來，來為我們的天降財富乾杯。」他摟抱著緊挨着他，那位妖媚妙齡女郎的肩膀。她突然伸出染血紅冠丹的手，嬌爹地也圍繞肉柱般的頸項撒嬌說：

「不是我多番催促，你們還捨不得走呢，你呀真要好好謝我呢。」她在桌底下，悄悄伸展那銀色高跟鞋的腳尖，輕輕撩撥了對座瘦白英俊年青男人一下。小伙子回意，微笑地開言：

「哎！丁總您老和各位真要記胡小姐一大功，否則我們皆已寢食難安了，或許已無法逃出國外，正在吃免費的皇家飯呀。」

「去你的，哼！別張口瞎說。我又不是承包興建的，難道塌屋也要記在我的頭上？跟我這樣久了，還是笨腦瓜，卻一點也沒長進。小江、以後說話要小心謹慎，別整日做正牌應聲蟲。」小江漲紅臉唯唯諾諾，連連道歉。

矮黑肥胖老者，年齡大概已過六望七，且蓄小鬍的何總終於開腔：

「丁總，真的，若追查起來，我們開發與批建兩部門都會被查究追緝的。好了，讓那倒楣的承包商做替死鬼吧。唉！也不知何故，近日常常心緒不寧，有吃睡也難安感覺。雖然已移居外國，也是惶恐終日，尤其這陰曆七月。午夜夢回，彷彿鬼魅處處，在驚心膽跳下，終日惶惶……」。

忽然，全室氣氛驟變，各人彷若被感染，忽然靜悄無語；女士們更彷彿感覺處處寒風飄颯，皮膚也起了疙瘩。

丁總却若無其事，頻頻勸飲。但各人已乏飲興，提議早早散席。

半夜電話響徹寬闊華廈，丁總睡眼惺忪，拿起電話：「什麼？怎會？我們兩小時前，才一齊用飯……」那肥厚的手正在顫抖著，下意識地驚恐環視空間。

突發心臟病逝的何總，喪禮是冷冷清清，連平日步步跟隨丁總的小江也不見蹤影，在寥寥無幾的親友出席下草草下葬。

丁總的手機又在不合時的響起，聽着聽着，忽然、那笨拙的身軀滑倒在墳地上；他面青唇白的發呆，僅額頭汗珠在滑落。原來那妖媚的情婦，趁他外出時，把藏在保險箱的美金珠寶全部取去，和小江逃之夭夭了。只苦了是筆沒法見光的不義之財，是萬萬不敢報警追究。

他迷迷茫茫地呆坐著，偌大的豪宅，竟靜寂無聲。情婦走了，連晚餐也懶得吃；他默默等待，黑幫的朋友答應為其尋找，僅有悄悄等待消息。兩個活生生的人，竟像兩縷青煙，又仿如空中驟然聚散的霧靄般，從此在人間蒸發了。

丁總病發了，自願住進醫院調治，本以為是腸胃病求診，竟驗出是二期肝癌，每天活在與病苦掙扎中。

那天、在蒙納殊醫院（Monash Hospital）普通四人病房中，一張瘦白憔悴的臉在翻動昨天的報紙；他沮喪地無意識地不停翻動，忽然看到澳洲版上，一則交通意外的消息。死者一男一女，在西澳的小鎮黑夜醉酒駕駛；碰樹的是一輛高級的奔馳，男的江雄，女名桂枝。因沒親屬認領，而由警方進屋搜尋，竟發現巨額美鈔和珠寶。

丁總眼前迷糊，腦海浮現的是汶川，那倒塌的房屋和學校。那呼妻喚兒，覓母尋夫的悲慘狀，仿若數以萬計的冤魂在空際飄浮，齊齊向他伸手……。

二〇一〇年八月於墨爾本

稀客

高太太忙著梳髮化妝，心裡焦急，怎會把鬧鐘撥錯了？明明睡前已再次檢查，麻將牌友必會等得不耐煩而抱怨。午茶喝不成事小，拖遲開局才是罪過呢。她匆忙起床，急急在梳洗台前塗抹脂粉。忽然鏡中出現秀髮披肩，曲線纖美膚色若雪的洋少女，嘴角顯露陰淒笑意，影像在身旁隱約飄移。高太太略為凝神，便大膽步出浴室。她緊張地輕舒口氣，暗自低語：

「好險、虧得她還懂禮貌，沒有把我戲耍。」

高柔怯怯挨在母親的懷裡，滿面倦容。她把頭慢慢移靠在母親肩上說：

「媽咪早！請別出去可以嗎？留下嘛，或者我跟您去好嗎？媽咪求求您嘛！」這位模樣男性化，眉粗眼大高中畢業班生；因會考期近，功課繁重，常常徹夜溫書。她不停搖動修剪短短烏黑頭髮，那嬌怯姿態和她的長相是絕不相配。

「好了、好了！別怕。這麼久都彼此相安無事，相信媽咪，妳們不犯她、她絕不會犯妳們，何況她是你們請來的。」高太輕拍女兒高柔厚肉嫩滑手掌又說：

外出。

「吃過早餐溫習功課，晚上帶海鮮燴麵和奶皇包給妳。」高太太推開女兒，匆匆更衣

可憐的高柔蜷縮被窩裡，藉厚絲棉被與外界保持隔絕，以保安全，默默等待母親回家。

四方城戰友介紹凌神父驅魔，高太太把府上數月來發生怪事詳細敘述：

「凌神父，我需要你的幫助，我先生經營海產乾濕貨，我倆常常澳港中三地跑。那座大複式房子，常常僅兒女留守。去年、兒子建強大學畢業後移居別處，方便上班。三月前我和先生都回香港，兒子帶著女朋友安娜回家小住，和妹妹作伴。也適逢是假期，年青人喜歡搞派對，跳舞唱歌，盡情的吃喝玩樂，非常熱鬧。是誰帶來了一套「碟仙」的遊戲，孩子們圍桌共玩那有問必應的遊戲。他她們樂極忘形，不停地轉，終於轉出禍事來了。

家裡無端多了一個洋鬼為居客，真是易請難送喲。曾經請來道士為我驅鬼，唸經超渡，貼符辟邪等等皆沒效果。也有牧師相助，也徒勞沒功。望神父能助我驅走她。」高太一口氣說完，凝注着他，並投送倚靠信任目光。

凌神父手持十字架和聖經各處巡視，屋內佈置高雅講究，擺設各類高價水晶飾物。處處黃紙飄飄，各門窗仍貼著靈符。神父口中呢喃經文，樓上樓下走遍，連地下室也不敢錯過。兩小時人鬼交流，高太太千恩萬謝地送走了凌神父，高柔也彷彿略感安心了。

秋末風寒，夜幕低垂時，星月竟像特意配合，讓大地黯然無光。飄灑的雨絲彷彿突然瘋

狂，在繼續不斷地滴階叩窗，猛烈狂吼的風；像着魔般強烈撥挑竹葉，把孤獨倚在後院的柳絮相擁發抖，驚惶地互抱對泣，淒厲之音使聞者心寒。

高太太又忙於應酬宴飲，獨留的高柔帶著滿懷驚恐，半臥於皮椅內看電視。垂吊的水晶燈，卻頑皮地閃爍淡淡綠光。高柔慌怯地未敢移動身軀，以顫抖的手把小毛毯蓋高，偷眼瞄望，那頭披着長髮的臉，正在飄浮着，並特意向她展示蓄意嘲弄的微笑……。

緋聞

石燕是某公司行政助理，容貌姣好，身段惹火。惜自視過高，標梅已過的她，下班後總喜流連酒肆，排解長夜漫漫的寂寞。多次戀愛失敗，讓她渴望等待異性追求，日月如梭，她已漸漸失去信心。杯中濃郁酒香，把她完全俘虜了，自願對劉伶迷醉了。

是機緣？或冥冥中安排，租賃屆三年的公寓，價格突然高漲。同事海倫介紹，彼此成了上下層芳鄰。友誼漸進而成為閨中好友，常常結伴參與舞會派對，生活變得多采多姿。

這棟六層建築的公寓，位於墨爾本市中心聖喬拿路，旺中帶靜交通方便。沿路遍植參天老樹，那叢叢稠密綠葉交織成傘，使居民能享受城市鄉村化。這著名商業地帶，除了商業辦公室外；僅散佈數座中上階級居宅樓宇，是高職白領擇居處。

每週二次例行舞會，與同街多幀居戶住客頗熟稔；除了隔層樓宇住三樓王老五周先生，二樓獨居陳太太外，赴會皆是夫妻檔。當然、六樓的石燕雖孤身赴會，也永不落單。

據說居住四樓的林文華先生是醫學界菁英，除了學術性書籍和古典交響樂外，不喜應酬，尤其熙熙攘攘的場所。但林太太好舞健談，故妻命難違，也只好勉強隨音樂擺舞，臉上總是掛着萬般無奈。都引起街坊們背後笑談，被形容是「冬前臘鴨隻配隻。」

石燕和林先生多次電梯相遇，總討厭其冷漠面容；後來卻感到其眼光中蘊含股熾熱親切，她竟有絲絲莫名心怯。慢慢竟產生渴望探索那蘊藏豐富的海洋，至使相遇時忐忑難安。

震耳的音樂誇張的鼓聲，熱情的舞姿，嘻嘻哈哈的語聲，舞者雙雙擁扭陶醉。石燕被當前各種景象觸動，彷彿被莫明的刺傷，急步溜出舞場。

以後、美麗高雅衣飾入時，笑臉迎人的石燕，不再出現派對了。海倫多番邀約，也遭婉拒，漸漸被遺忘了。

週二、林太太花枝招展地赴會。的嗒的關門聲使林先生興奮，立即急撥電話：「Honey！快下來吧！她走了，我等妳。」他輕鬆地忘形在客廳旋舞，不再拘謹木訥。放了張貝多芬音樂，臉上展示如沐春風的微笑。

熱情難抑的他，把剛進門的石燕緊緊擁抱，雙雙倒臥皮椅上狂吻。

「哎！看你、別樂瘋了，聊聊吧！你太太午夜才散會呢，何況有周先生陪伴。」石燕嬌柔地倚在他懷中，撫弄林君的睡衣鈕。

「哼！別提姓周那傢伙，就是那沸騰的緋聞把我氣昏了，那晚站在樓下窺探等待，才幸運地遇見妳。謝謝陪我喝酒，整晚聆聽我傾愁道怨，也因此結了這份太美太甜的緣，豐富了我的生命。真要好好謝妳，補償當時冒失忘情。妳說呀！要怎樣表示謝意，唔……」話語餘音未盡，已整個身體壓在石燕身上了。

彼此忘情擁吻，室內空氣沉寂。僅那水晶燈高高吊著，像低垂無數發亮的眼睛，殘忍地照射傻立門旁林太太，那張仿若見到魔鬼般被嚇得灰白，痛楚驚駭的怨婦面容……

疑案

七月盂蘭節將屆，金貴卻沒來由的日夕心緒淩亂，頗感坐立不安。常常會突然地感到陣陣恐慌。彷彿身前背後，接踵擦肩皆是無數幻影飄浮附隨。尤其是星月昏沉之夜，萬籟俱寂時。每天外出應酬返家，沿途駕車也會無端提心吊膽。常錯將隨夜風擺動的婆娑樹影，當作是鬼魅相隨舞動；甚至會誤把呼呼風聲作幽靈淒厲哭喚。他自問是新時代之人，廁身於科技進步的新世界中，竟變得如斯迷信迂腐，連金貴自己亦難禁啞然失笑了。

五官俊朗身材適中，滿臉書卷味的他，膚色卻略嫌蒼白。但舉止溫雅，頗具儒者風範。其性格樂觀，言談灑脫風趣；微笑時嘴角牽動的笑窩，很是誘惑容易教人生好感。和其相處，頓感舒暢如沐春風般。而立之期早過，且快將望五了，仍以鑽石王老五自居。因其善於保養，故仍是翩翩美少年之模樣。擅長玩股票的他，家境富裕。屋裡佈置清雅，鐘點女傭人，每日整理得纖塵不染。與金貴交往的女士們，都被其深情的目光迷醉，期盼能成為這雅舍的女主人。

金貴從來不提身世，也極少見走訪的親屬，若被好友詢問，皆巧妙地帶過。那抹永掛唇邊的親切微笑，深得朋友的信任和情誼。與其熟稔者，皆爭取為他作冰人，希望撮合其良緣。他總是禮貌地婉拒。

「謝謝大家的美意，看！我已有美妻嬌妾，實在是沒閒旁顧了。」並撫摸其歐陸名車，是滿臉的幸福樣。

農曆七月十四夜，是傳說中鬼門開放之期？西方國土雖然未允許臨街燒冥紙拜拜；故缺乏南洋地區，每年此月此夜的滿街飛揚冥錢。亞洲的同胞，家家戶戶在門前路邊，點燃香燭拜祭先人。人們除燒冥錢外、定撒銅幣、龍眼，豆腐和米等等。在此洋人國土，已再難得見了。但華人心中，多數對七月皆有所傳說和忌諱。

夜幕漸漸低垂，大街小巷除了車輪輾過之音和狗吠聲外，只餘楓葉在不輟地沙沙悲鳴飲泣。晚風也陪同呼呼嗚咽，讓聞者無端的汗毛豎起，頓生恐懼和傷感。

金貴的名車也在隨風跳舞，東閃西擺仿若樂極忘形。他緊張地圓睜雙目，瞪視前方。那雙抖索的手牢牢握緊駕駛盤，用過度的力氣，彷彿正要把駕駛盤捏碎。面上汗珠像豆粒般沿額滑落，恐怖表情已完全掩蓋其俊朗容顏。那被扯動曾經迷醉女士的唇邊笑窩，竟出現無助的惶惶悽慘樣。踏盡油門，強把自己撞死在住屋處門前的石牆上。

法官驗屍後，證實並非車禍而亡，也非服用過量毒品。死者是曾經掙扎至力竭而氣絕，其臉容仍呈現恐怖萬分狀。警員奉命進屋搜尋線索，終於發現秘道裡存放大批海洛英，搖頭丸，美金及現款。圍觀的人群也不禁滿臉驚愕，沒法相信他竟是毒販。

「哎！真是嚇人，是報應，堂堂相貌讓我們跌眼鏡了，怪不得說人不可貌相呀。」有些不明真相的人也紛紛忖測死因。認識金貴的人慶幸未被牽累，也真正明白人是絕對不可以貌相。警局至今仍無線索破此案，但每年因服用毒品過量，年青致死者不斷增加。社會人士對毒品案非常關注，故警方對此案未敢怠慢，因此將擋案列下疑點：

是黑幫仇殺？或是精神過度緊張？

或是……

左鄰右里卻有另類說法，是被毒品害死的冤魂群起索償，所謂冤有頭、債有主啊！尤其是農曆七月……。

洩憤

占士滿額冒汗，呼吸聲音頗沉重，雙眼紅絲滿佈，且目露凶光。他握短槍的手因時間過久而微微麻痺，但仍然全神凝注，直至眼前目標被擊倒；立刻臉龐呈現忘情得意之色，一抹詭異笑容驟然浮現。他絕不放鬆地又緊緊瞄著移動人影，忙碌且狠狠地扣按手中槍，口中不停喃喃自語：

「倒下吧！倒下吧！趕快去死……」口中不斷狂叫。

夜深沉、長空星月相互輝照，貼在漆黑的佈景板上。正貪婪地俯視著疏離的汽車燈光，猶如正在比較人間和天上，誰是最光芒。店舖內人聲隱約，使坐在巴士站，候車長椅的占士皺起眉頭，唇邊香菸閃爍點點剩餘火光。陣陣灼痛才醒悟，匆忙隨手丟掉菸頭，連串髒話也跟著菸蒂傾吐出來。

客廳充滿男女笑語聲，調情嬌縱音波彌漫，占士毗連後院的小小臥房也隱隱可聞。他大力吼叫，然後用毛毯把自己整體掩蓋。他討厭這樣的家，恨這樣的母親，祈求自己能夠逃離這人間煉獄，他寧願本身是個無親屬的孤兒。隨手推開毯子，從灰色長褲袋取出香菸點燃，狂燥地猛力在吸着，任其在口中憤怒燒燃。茫茫然看著檯上父親的照片，抑不住視線模糊，難禁男兒淚滴。

原來美好家園被熱愛名利的女人破壞了，鄉村純樸男子柔情，是挽不住崇洋妻子的心態。就這樣她堅持帶了才十一歲稚子，丟掉窮困的家遠渡重洋，到澳洲圓黃金夢。曾經千承萬諾等扎好根基，便會申請担保丈夫家庭團聚。丁源頻頻來函，那狠心的夏艷竟置之不理。她並非美麗，但常常以那生就的狐媚眼神而驕傲，享受著替換男友的樂趣，不顧兒子日益長大和滿盈憂鬱的眼神。

長得高大瘦削已十八歲的丁占士，俊逸五官恰當地配置在長方臉上，僅僅膚色略微蒼白外，樣貌和其生父頗為相像。對書本沒興趣的他，因成績太差，至今仍然就讀預考班。他性格孤僻，拒絕交友，也不喜歡合群。因為品學成績差，逃學紀錄超常，校方多次警告後，終被開除了。漸漸他性情驟變，如同自閉。常常把自己關在房裡，玩電子遊戲。對母親的行為是非常非常的厭惡，也痛恨和母親鬼混的那些男人。他加倍憐憫被遺棄的父親，多少次放下憤怒和憎惡；流淚向母親哀求，請履行其諾言。却換來厲聲責罵，他內心恨意越積越深深了。

占士手指感覺麻痺，昨天美國校園槍殺案，讓思潮起伏激動。心想、也許是唯一解決的辦法了，內心無端升起一股快感。他雙頰汗珠滑瀉，眼神兇殘地繼續瞄準目標，每次看見應聲倒下的身體，嘴角便掛上絲絲陰森森的冷笑。當腦海呈現串串男女交歡發出的浪語聲，交織着旁若無人呻吟聲浪時；正無形地折磨和刺痛其心靈，讓其臉上怒容頓然加深了。想及父親憔悴悲哀面貌，叩動機槍的手不禁加倍起勁的掃射。

終於，槍不響了，人也不倒了，只餘陣陣刺耳鈴聲，他被突然的鈴聲嚇唬了，漲紅著臉東張西望，茫茫然不知所措。一位穿制服中年男士走來說：「先生、這部射擊機發生了障礙，對不起、請換另一部吧！」

占士移位了，依然是握緊雙槍，拚命掃射，槍槍都連同他的滿懷愁苦，滿腔怨恨射出。

二〇〇九年於墨爾本

捨棄

丁保五官雖然平凡，幸好體型適中，還天生一雙慈眉善目，讓親朋們頗有好感。他是可親兼勤快，且樂善好施之人。閒時喜歡收拾，把很久不穿的衣服和用品捐獻，常常將家中多餘物品，捐去慈善機構，或轉送友人。為此長輩們尋找不到衣服物品時，便會對他發脾氣，在老人家連聲責備下，他只頻頻報以連聲道歉。

二十剛過，便移民墨爾本，獨居斗室更顯簡潔。半年完成基本英語課程，便投入薯片廠工作，週末也不拒絕加班。故收入工資頗豐。生活忙碌，時光輕易流逝，轉眼已屆而立之年。親友熱心介紹女友，他對配偶選擇，並不苛刻；經數月交往，情意互通，終成眷屬。

其妻方玲也是標梅期已過，具中上之姿。本性持家節儉的她，大小瓶罐皆保留待用。不稱身衣裳也摺疊收放櫥內，並說將來或許可穿。惜丁保搜棄雜物，已養成習慣，常悄悄把東西放進救濟箱。夫妻倆常常為此事發生磨擦，彼此漸感遷就困難。為了家庭幸福，他會耐心細細訴說：「捐棄的用意，可使家居整潔，又可助所需者；何況有捨才有得，心靈也會舒暢，且施比受更有福。」

聖誕例假，同事或親朋皆習慣請客慶祝。酬酢頻繁出入皆雙的丁保，是朋友圈中摸範夫妻。數年居住於此，已入鄉隨俗。西曆元旦，方玲竟一改終日掛在唇邊的節約論，提議舉行燒烤會，宴請親友。並親自採購豐富食品，整天忙出忙進。丁保心中暗喜，自忖加以時日，定可把她的節約論改變，彼此思想更顯接近，將來會更幸福。

方玲滿臉高興地招待親友，不停地穿插著，添酒遞肉送菜。主人的熱情，讓客人飽餐和盡情歡笑。丁保偷眼看太太的殷勤待客，幸福之感把心坎填得滿滿。

夜幕低垂，皎潔月兒被群星拱照，像悉心把滿院狼藉的杯盤擦亮。丁保夫妻倆忙碌地收拾，心境是無限歡暢。丁保忽然仰視明淨華光，情難自禁地緊緊摟抱太太微笑地說：「玲，想不到初次搞燒烤竟如斯成功，妳是最好客的女主人；剩下的膠刀膠匙留下次用吧！妳也累了，先去休息、讓我來收拾。」

方玲低首沉默，忽然、深深凝視丈夫用堅毅地語調說：「保！謝謝你婚後對我愛護與包容，我也曾嘗試努力溝通和忍讓，總是尋找不到心靈的互通點。這段日子我認真地考慮再考慮，平靜地想了又想，總覺得互相拖拉是夠累的。彼此勉強在一起，勉強還就是沒法能真正幸福的。這麼久相處，終究也算是弄明白了。你常常說：要肯捨棄才有得的道理。我們分手吧！對不起。」

丁保驚呆目光望著容貌清秀可人的妻子，仿若她正講述恐怖駭人的鬼故事般，讓他覺得身子也在漸漸凍僵……。

慈愛

在宮闈前長長的隊伍中，一位攜帶一雙兒女，衣着高雅的貴婦人，排在擠迫人堆中。她在柔聲囑咐孩子們，要小心跟隨著。否則若失散於如斯擠擁的人潮裡，便很難尋覓了。

貴婦那身彩虹般艷麗長旗袍，把皮膚映照得更為嫩白，那柔軟絲綢高質料正呈現其富裕家境。清秀小女孩又再撒嬌，用手拉扯母親說：「我很累、很口渴，不要排隊，我要回家嘛！」不停地把身體搖擺著，小嘴高高嘟起來。

「乖乖，已過三歲了還是那麼愛吵。」這位五官姣好體型富泰的中年婦人，從皮包裡拿出手拍，輕輕替大兒子擦汗。男孩頗俊逸的臉龐，卻是讓人驚訝的冷漠和迷茫，缺少孩童的好奇，他緊閉雙唇僅默默地跟隨著。

汶萊王國一年一度開齋日，從四面八方蜂擁到來的客人數以萬計，已經把待客的大堂，迫得幾乎被淹沒了。雖然牆壁上很多風扇不停轉動，人們仍是汗流夾背。國王賜宴，菜餚也算豐盛，群眾正各自忙著大快朵頤。

忽然問，有位緊拉著小女孩的女士，用流利英語邊哭哭啼啼邊訴說，圍觀的侍衛在安慰她。

原來小男孩走失了，擴音器請大家注意，若發現六歲走散男孩請就近送交侍衛人員。她仍舊淚水難收，哽咽傷心難過頻頻向各工作人員致謝。小女孩卻在專心致意於手中甜點，僅僅偶然抬頭對母親瞄一眼。

高貴女士和女兒正在回國飛航中，臉上已難找尋半點殘餘哀痛。她長途跋涉來此實行的計劃，總算成功把那野種弄走。她得意忘形地想，「江平也太妄想了，我怎會讓和外面女人偷生的小孩帶回家，成為江家一員，將來奪取女兒的財產承繼權。何況親友中皆稱讚他倆是模範夫妻，絕不讓任何人知悉其夫有婚外情。她絕受不了被人笑話，投以同情的目光。」她從皮包拿出三張去香港的機票撕碎，他永遠估計不到，她們根本沒有去香港呢！

江平再次向妻子哀求，李瑩依舊木能遂他所願，絕對不容許丈夫的情人進入江家為妾。因苦無後裔，才免強允諾接其所生男孩親自撫養。在人前會表露出無限慈愛，她還常常無限感慨地說：

「孤兒院的孩子太可憐，我會好好撫養他。」聽者深深感動。但是才足兩歲的幼兒，漸漸已找不到童稚活潑。是否思念親生母，或許是不習慣富家的生活？

六歲的江明，早早已看見那不遠處養娘的彩色身影。但是他不想叫喚，沒有半點驚慌；

也不顧擴音器不停地重疊尋找自己，因為他不要再回家了。他鎮定地跟隨人潮，輕輕鬆鬆溜出宮廷，然後長長舒一口氣。

他沿途走到一大草坪上，坐下休息。小心摸索褲袋裡面的食物，臉上現出一抹喜悅的紅光。他內心想明天可以進去再拿些食物，反正有很多很多嘛。可憐他年少無知，那裡知道今天已是最後一天的開齋之日了……。

命運

煙雨迷濛，群巒疊翠，幽溪迴旋的九寨溝，彩色繽紛處處是天然湖泊美景，尤勝各處經人工修飾之所謂著名的各旅遊景點。

位在連綿的群山腰上，九寨溝的較偏遠處，是一座非常荒涼貧脊的山村。居有一家佘姓中年夫婦，在多年的渴望期盼中，終於誕生雙胞龍鳳胎佘玲和佘輝。是天靈地秀，孕育出這優質孖生姐弟，容貌清秀俊美。形態飄逸，像深山下降的神仙，深獲村民喜愛。

因家境清貧，姐弟無緣接受完善教育，只能下田耕作。歲月匆匆、長大後佘玲和佘輝，長相俊秀，真可謂男勝潘安，女賽嫦娥。雖然終日勞苦田務，日曬風乾的皮膚略為深褐，皆色透健康之美。衣服雖破舊，卻未使大賜容顏減色。僅年邁多病的雙親，要請醫診治，但醫藥所需款額難籌；使姐弟倆朝夕陷入憂愁煩慮，缺乏青年人該擁有的快樂與蓬勃的朝氣。

那天、佘玲顯得異常興奮，眉梢眼角笑意溢瀉地對雙親說：「剛在溪邊遇見鄰村童年兒伴桂花，從外國衣錦還鄉。她說願意帶我出外謀生，幫傭工資頗厚，並且可預支半年薪金當作安家費。若到達後一切安定，便會着手為其輝弟鋪路。爸媽請放心。」她偷偷看了媽媽的反應，又接著說：「請允許我到外面謀生吧！我已長大了，可以保護自己的。」佘玲去意已決，家人也希望能有機會找到好生活好前途，闔家雖然難捨離別，亦要含淚相送。

佘玲按時寄來家書和銀票，家境生活改善也日漸安穩。節儉之家，日久積蓄尚有盈餘。心境寬慰的兩老，醫藥調理後，身體也漸漸強壯起來了。日夕茶餘飯後，月下樹底，村民話題常常扯到佘玲身上。是串串誇獎與羨慕，總結而言都是稱讚兩老命運好，兒女是天降凡塵的幸福之神。

夏已盡春也隱，轉瞬又見滿地秋葉凋零。是否九寨溝特別寒冷，秋老虎竟猖獗地把佘玲家書吞吃了？或是發生了事端？信越來越稀罕。偶得來信，字數是更少、內容更精簡了。對於要為佘輝介紹工作一事，也再沒隻字提及。昔日書信中透著的那滿胸熱情，也像突然被寒風驅散，剩餘感覺是陌生平淡。

佘輝朝思暮想是欲尋姐姐，決意遠赴泰國，並不斷遊說雙親：「媽媽不是常說，我和姐姐是天生命運好的人嗎？凡事都會逢凶化吉。」雙親難耐其絮絮不休地請求，終於允許了，完成他萬里尋找姐姐的願望。

佘輝按信封地址，輕輕叩動那扇金色門環，推開鮮紅油漆的虛掩木門；室裡濃濃的菸味充塞空間，且霧氣繚繞彌漫。幾位健碩漢子，正擠坐在那張杏黃顏色皮椅上。洞開睡房席夢思大床，斜靠著裸露身軀的壯漢。床沿倚著穿比基尼式濃裝少女，與佘輝目光接觸時，彼此皆目瞪口呆驚惶失措。

「姐姐，對不起，沒先通知妳就忽然而至，讓姐姐來不及換衣裳。」佘輝仍是村夫般的樸實，羞怯得低頭玩弄那褪色舊上衣，嚇得呆子般。

屋裡爆出粗語和著多重奏暴笑聲，漢子們已笑得按腰撫胸齊向佘輝凝注。

房內肥佬已坐起專注地看著佘輝，彷彿是欣賞一件藝術品，又像是待價而沽的一件奇貨：「哎！嘻！嘻！真稀奇啊！鄉野之地也能出如斯貨色。哈！哈！我肥才接連走運了。」肥才坐直身體高聲喝道：

「你們好好守著他，人妖舞蹈團的那位符亞嬌胸部壞了，他正好補上，後天載去中心等待手術變形吧！」

佘玲抱緊肥才的雙腿，熱淚縱橫地淒然哭叫著：

「才哥、我求求你，請開恩放了我弟弟吧！請相信我，以後我什麼都聽從你的吩咐，我會一生一世為奴僕，全心全意的服務才哥。」

佘輝已被推按在皮椅上，數雙沾滿罪惡的手，正恣意摸弄著他俊秀容顏。

佘玲蹲在地上哀號痛哭，心裡狠狠地咒罵著自己的命運，自己是害了親弟弟的兇手，她叫着、哭著、血在心坎裡流淌，溢淌……。

遊子心

西門李臉孔鐵青，挺直胸膛，圓睜憤怒雙目，瘋狂地咆哮。狠恨叮著會客室各人：

「走！我立刻走，這冰窖似的家，誰希罕。你們心中只有小妹，從未真心的關懷我，每趟媽媽對我開腔，總是吐出連串沒來由的指責；你們從不顧慮我的感受，我常常懷疑，究竟我是否親生骨肉？或是拾來？所以你們如斯討厭我，這樣家庭我絕不希罕了，跨出這一步我將永不回來。」

他用腳重重地踢開大門，拎著小皮箱大步穿越前院，耳際仍傳來其母親搥桌和哭罵聲。沒束縛的生活，西門李為自己離家的選擇驕傲。輟學後日子清閒，中午醒來便急忙趕往與老虎機為伴。偶贏彩金，便邀請志同道合的室友，飲酒作樂。漸漸日夕留連已成習慣，失業部發給的補助金，被難以抑制的雙掌，輸掉在搏彩機上，或全數推送到五花八門賭桌上。

西門李常對朋友誇耀，他運好人緣好，總是能在絕境逢生。那位與他從小學至高中的好同學張凡夫，常常慷慨解囊。除了替他支付租金外，贈衣又送食物。他亦高興地自豪說：

「看！出外就靠朋友嘛，將來我西門李若有飛黃騰達一天，必定加倍奉還。」

日夜徘徊賭場幾乎是廢寢忘餐，本來健碩身軀已日漸消瘦，很具魅力的大眼睛，盡失往昔亮光。本來充滿英氣面容，也瘦削蒼白而走樣。因久坐姿態，呈現年青人鮮有背脊顯出微微駝彎。當輸得囊空如洗時，便會閉目仰靠在賭場舒適皮沙發椅上，神遊太虛地愛胡思亂想。偶然遇見親友，便趕快覓路匆忙躲避。

離家半年的他，已泥足深陷，不能自拔了。欠下累積的賭債，數目令人咋舌，以至沒法清還。他缺乏勇氣返回家中，向父母求助，開始陷於徬徨絕望。朝夕唯獨仰天悲嘆，埋怨造物者不公和作弄。

張凡夫已返國探親，這唯一能解困幫助的途徑也暫時斷絕了，他真正體味人情的冷暖滋味，才明白求助無門之苦。

西門李徘徊於雅拉河畔，夜幕偷偷無情地張網，連星月也為這遊子感羞愧急急斂褪光芒，彷彿不忍使其蒼白面容過分曝光。他遠眺賭場閃耀彩色霓虹燈，又低首凝望水中映照月華微光。月亮竟像也唾棄浪子，匆匆拉開雨雲掩蓋着，彷彿是吝嗇其高雅皎潔華光。又或許憐惜這迷途羔羊，不使旁人看到其落魄潦倒相。他徘徊復徘徊，已忘却饑寒，思緒漸陷迷茫……

西門微張雙目，巡視純白房間，是陣陣哭聲把其目光縮短。只見母親正以淚眼凝望著久違面容，雙手緊握兒子回溫的手掌，小妹倚在茶几前輕輕拭抹滿臉淚水。

「孩子！我們都惦念著你呀！一直在等你覺醒回家團圓呢。你爸是很疼你的，特別拜託凡夫暗中照應一切。唉！那老實的凡夫也不老實了，竟沒詳細告知我們你的狀況。好了！好了！一切的一切都讓其成為過去吧。傻孩子、爸媽都很愛你呀，甚麼事都可以解決，何況你還有我們。幸好昨晚有人學習划船，是他們把你救了。好孩子，這個家不能沒有你，我們都愛你，需要你。」

西門的母親邊流淚，邊為兒子理撥額前凌亂髮絲，溫柔綿綿慈愛洋溢在充溢淚水的雙瞳裡。

西門父親挽著整袋食物，默默呆站在病房外，任眼淚悄悄滑落。

情義結

寒風尖嘯聲聲，又像是一群猛獸在怒吼。這星稀月黯的冬夜，黑沉沉蒼穹，彷彿危危欲墜。花草被頻頻驚嚇，已難抑止在悉索的顫抖着。驟然、雨敲玻璃窗，其滴滴嗒嗒之聲伴隨沙沙葉舞，和著樹枝搖弄之音；仿若魑魅群起集會，又像樂隊正努力地合奏一曲雨夜驚魂。

喜歡聆聽雨聲的小邵，今夕心境非常凌亂，好比給弄亂的千頭萬緒，坐立不寧。窗簾稍微隨風掀動，她也感惶恐萬分。偷眼凝視對面一弄之隔，緊閉的房門，隱約見到秋菱苗條身影在空氣中浮移。她默默冷峻地注視小邵，是那抹蘊含著無限怨忿的眼神。室內氣溫彷彿忽然下降，尤如置身於冰窖般。在寂靜中，僅剩小邵牙齒相互交叩的聲音。她趕快閉起眼睛，喃喃合掌膜拜，盼能為其不滅的魂魄超渡。

最近小邵忙著要出售這座擁有三睡房的獨立屋宇，輾轉數月，終於總算成交了。

為了方便新主人週末搬進，她求同事兼好友相陪，下班急忙回家將最後雜物清理，以便週末交吉。黃昏已盡，恰巧朋友有事先走，她獨處屋內不禁吊膽提心；不敢也不想重複記憶，數月前發生的命案。但那血淋淋一幕，卻偏偏時刻明澈地日夕繚繞，徘徊腦際；揮抹不去的往事，使她寢食不安，人更顯憔悴消瘦了。她常常自責，為自己不真實的供詞深深的內疚，為女友枉死至今真相仍未大白而羞愧。仿如一切一切，是因其不誠實而鑄成大錯般。她未敢與人投目正視，深怕埋在心底的秘密被拆穿，她甚至鄙視和討厭自己人格，是沒有情義之輩。

一九八七年尾，小邵自內地移民澳大利亞後，勤奮工作，數年間儲存足夠付首期的款項，便向銀行貸款購買了一棟位於墨爾本南區的平房。其前院佔地甚廣，周圍樹茂花繁。幾株老松把半舊屋牆遮掩，就是炎炎夏季，屋內仍感到透心清涼。爽朗性格五官端秀的她，和嬌柔甜美；眼睛黑且大，唇型俏麗的蔡香菱特別投緣，是車廠工友們口中的兩朵廠花。數年共事、已建立情深義厚的友誼，小邵邀香菱分租一房間同住；使減輕負擔，又可彼此互相照應。

去年底小邵表兄佘光祖，以探親為由來澳。剛剛廁身西方洋場十里，事事新鮮的自由社會裡，對各種事物充滿好奇，早萌永遠長居此地之念。他對表妹進言，期能念及姑表之親；為他和香菱綴合，換取婚姻居留權。之後、則立刻採用其迅速手段進攻，朝夕郎情妾意，很快便如願結成伴侶。誰料蜜月期匆匆過去了，他又沉迷新玩意，每天遊手好閒地侍奉輪盤；成賭坊不二之臣，把一切奮鬥計劃和志願全忘掉丟掉了。

那天，光祖面紅耳熱，汗涔衣衫地在房間內翻箱搜索，欲偷取首飾或現款再戰賭場。突然開關門聲讓他驚惶失措。簾動處香菱疲累臉容出現，彼此照面也頓顯驚訝：

「唔！你找甚麼呀？又要妄想翻本了，沒良心的混蛋。我真受夠了；數年積蓄的辛苦血汗錢全被你輸光。每次答應改過，什麼浪子回頭全是謊言。看！看呀！我病了也不捨得花錢買藥，你這沒肝沒肺沒良心的人，我不再原諒你了，你走吧！離婚吧……」

夫妻倆由好言相對，轉惡意爭吵！至拉扯互搏，香菱的淒厲哭罵聲把剛下班的小邵嚇著了。光祖也正好瘋狂地奪門而跑，差點把表妹也撞倒。

房內一片凌亂，倒在床沿的香菱已奄奄一息，頭髮後鮮血不停地湧滴，柔絲般斷續話語從其蒼白雙唇吐出：「他搶走……我……我……」香菱已無力再申訴了，灰白的臉呈現無限苦痛。

小邵害怕極了，召喚表哥卻未能接通手機，她以破碎英語報警。救護車到達時証明已因流血過多而死亡。是跌倒時不幸撞在鐵床架突出的鐵枝上，刺進頭殼內，失血而死。

小邵未把實情和盤托出，深恐親人怨恨，又怕殃及池魚。僅誑言下班後見室內凌亂狀，即時報警，更撒謊說自己房內也很凌亂，且錢財盡失，肯定被賊光顧。可憐香菱因胃痛請假早回而遇難，聞者皆認為一切是注定的，所謂生死有命吧！

光祖配合警方傳訊，每次哭得聲嘶力歇，周遭的人都給予同情。新婚才一年多，怎不令人感惋惜？

小邵不讓光祖再居留在此，也不願與光祖見面，她已再難開朗如昔，她變得沉默孤癖地和廠友保持距離，讓錯失後悔日夕折磨自己，讓良心朝晚的懲罰自己……。

情已逝

寂靜長街被週末遲歸者狠狠驚醒，宿醉驕陽被嬌寵壞了，掙扎著懶慢地爬升。群花依然盈珠帶淚，是還在深深感動於昨宵星月爭述的故事，竟讓那悲戚花容忘形。吱吱喳喳目中無人的樹梢百鳥，正表演群雀競賽爭相酬唱聲，突然被陣陣高調女聲淹沒了。

兩位仍穿睡袍的適婚女士，怒容滿臉，各倚站在後院圍欄相隔處高聲叫陣。雙方對罵之詞，使聆聽者也忍俊不已。彼此養的寵物綿羊犬，也揚首狂吠，加入戰場替主人助陣示威。

「根本早該重設圍欄，可豁免了不少閒氣；是前世沒修好，倒楣透頂才會有妳這種所謂好朋友。哼！哼！簡直是橫蠻得無法理喻。」于倩震耳語音，凶惡之狀頗讓人驚怯。那本來不俗的容顏，至此已蕩然無存了。

丁秀漲紅臉，伸直瘦削頸項，以尖細聲調說：

「誰希罕、是妳先主動和我結交，看呀！連畜生也如斯可惡，真是所謂物似主人型。又沒合同簽約，各人有各自的方式生活，誰又礙著誰。」

兩人旗鼓相當，唇槍舌劍妳來我往。忽然、前門一陣陣尖銳轎車喇叭聲，使丁秀匆匆棄戰。耳際隱約仍傳來于倩粗野叫罵聲：

「有異性沒人性的狗男女。」

丁秀、于倩在新移民就讀的英文班認識，丁秀纖瘦若柳絲，蒼白嬌俏五官；碎步遲遲，讓人擔憂其瘦弱軀體，會隨風而飛去，或因風而折斷。于倩卻粗豪硬朗、配濃眉大眼，舉止十分開朗豪邁。極具男性化的她，尤幸肌膚尚算幼白，才堪與其名字相配。來自不同亞洲國家的人，因言語相通，竟一見投緣結成密友，常常形影相隨。同學議論紛紜，暗指她倆為「同性戀」；但空穴來風，也必有其因。

穩定職業有經濟能力，進行選購房子；條件是要兩屋緊貼為鄰。也花了頗長時間找尋，終於在離城二十公里的小鎮定居。為了方便朝夕往來，並同意把後院木欄拆開，彼此方便互相照應。從此她倆友誼更篤了，深以為此情永在，今生肯定是不離棄，情誼在今生是不變不改。

丁秀任職的精品店少東，愛慕她的溫柔淑女型態，仿若蜜蜂蝴蝶般，日日殷勤的展開追逐。丁秀也曾經想法迴避和拒絕他，可是異性是較容易相吸；終難拒其連串纏綿情意，而被動地失足墜入情網了。忙碌於戀愛甜蜜生活中的她，漸漸與于倩疏遠了。且為了擁有私人空間，提出重新豎立圍牆。于倩曾多番哀求規勸，惜丁秀已被鎖困情關，對閨中密友以往情誼已盡數遺忘。

煩惱的于倩終於明白再難挽回，失望更難抑忿怒；偶然相遇，每每借故吵罵收場。于倩在窗簾後悄悄看著，丁秀若花蝴蝶般輕移的身影，更顯惆悵，她仍懷抱希望喃喃自語：

「唉！要讓她像我一樣吃了男人虧，才醒悟才懂得回頭是岸。她會後悔的、一定會、一定會的……」。

二〇一〇年重修於墨爾本

紙皮嬸

彩玉那棟三層洋房傲然高高豎立在這平民區上，把緊鄰的鐵蓋木板小屋，映照得如斯寒酸。當行人路過時，都會向此鶴立雞群的磚房，投以羨慕的目光。

一位面貌平庸，膚色棕黑，身粗腳長的婦人；每日晨曦初露時，已在門前揮斧力砍。那塊雙人抱高半尺大的樹頭，是她砍膠的自備砧板。她身旁擺著一堆堆的舊膠廢物，就是養家活兒的金飯碗，也正是她養育三子一女，和學費的靠山。據說幼年已成孤兒，失親的她，雖然沒進學校，是真正的文盲族，卻仍能刻苦地讓自己成長，也因此非常重視兒女的教育。

彩玉五官俏麗，肌膚如雪，瘦弱體態，讓見者猶憐。和紙皮嬸特別投緣成為好友，自然彩玉也成為被保護的對象了。仿若守門大將，陌生之人別想輕叩彩玉的門環。

紙皮嬸很少讓自己偷閒，就算是誕生兒女，也僅休息十天半月，又開始在門前砍奏「迎太陽之曲」了。身體是得天獨厚健壯的她，依然力大如牛般，每日有序地把膠塊碎斷。腳足指夾著緊繫在搖床的粗繩，隨著她斧頭的起落擺動，床上的嬰兒在甜夢裡，享受母親的催眠舞曲。

那天、門外靜寂。日日擾人清夢的斧砍之聲忽然啞了，彩玉竟感不習慣。她急忙走至隔壁，在門縫中向屋內張望，竟是一片死寂。如此情況讓她驚異，終於推開那殘破的門，在兩旁滿堆至屋頂的紙皮箱中摸索。穿過黑暗的長長走廊，越過天井，四處是難以想像的簡陋。三面透風的廚房，側邊是一片漆黑的睡房，內傳隱約陣陣語聲，混雜著男子的咳嗽。彩玉不禁好奇，紙皮叔是在幾年前從軍失蹤，生死始終是個謎，裡面的男子是誰？她立則停止前進：

「紙皮嬸、紙皮嬸、妳沒事吧？孩子沒去上學嗎？」她在天井輕輕叫喚。

「黃太太、我沒事，我沒事。」立刻從房裡出來的她，一臉倦容，目光充滿煩憂且帶有驚慌。緊張地把彩玉帶至長廊裡，低聲說：

「我那老公回來了，這幾年上司懷疑他是越共間諜，把他發配到前線挖戰壕，搬屍體、弄到咳嗽吐血。病到不可以再勞動了，才偷跑回來的。他以前在醫院做文職時，有很多好友，曾得他幫助的一位醫生，正在為他診治。唉！可惜亂世醫藥頗貴，我已無能為力了。」說著、已再難忍低頭飲泣，大顆大顆的淚珠滾落，盡失往日的堅強。

「我雖沒讀書，常言最危險的地方最安全，故把他留在身邊好照顧，希望他快點康復。」她哭著述說：

「請別擔心，醫藥費我可以幫助，但小孩困在家惹人猜疑，白天到我家玩，也可替他們補補功課。」彩玉在褲袋裡拿出錢交給她：「明天再給妳送來，先買些食物，病人不可缺乏營養，妳自己也要多保重。」她不便多留，告別回家。

彩玉回家後不禁思想，夫妻間竟會有這麼遠的差距。一位學識可當文職，一位卻目不識丁。如此貧困的生活，真是苦命，內心也為他們難過。

夜幕低垂、平民區都是勞工，已習慣早起早睡，街上行人稀少。彩玉在昏暗燈光下，拿了大袋食物到隔壁。恰巧和紙皮叔照面，他竟是位面容清秀的書生樣。傾談下才知悉因其不滿上級專權而惹禍，一切都是「莫須有」之罪，被判謀反。現在更慘，已淪為通緝犯。

一九七五年四月，楊文明中將為免生靈塗炭，棄械投降。那天、紙皮嬸全家喜氣洋洋站在門前，戶戶都互相祝賀，以為從此可安享太平了。悠長的戰事在人們心中的死結，算是結束。

一批接一批共軍進駐西貢和堤岸，市民皆以無限熱情歡迎；送水果食品者頗眾，是感謝他們帶來和平。

那天、街上一片嘈雜，彩玉想：

「已一個多月的歡慶，還有這麼久的餘慶嗎？」她開門張望，一輛軍車停在隔壁，幾位軍兵把鎖著手扣的紙皮叔推上車。紙皮嬸帶兒女瘋狂哭叫，一番拉扯後跌坐泥地上。各街坊僅投以同情目光，不敢上前。

彩玉立則移步相扶：

「紙皮叔究竟發生何事？」她驚惶相問。

「看啊！看天理何在？共和國當政時說他是越共間諜，現在是越共新政權了，又說他是舊政府的間諜，真是沒天理啊。」紙皮嬸邊講邊嚎啕大哭，又哭又罵，孩子也在大聲的哭喊。

彩玉的心在陣陣刺痛，她同情紙皮嬸，但卻無能力相助，默默想著，淚水也源源滑下……。

二〇一〇十一月於墨爾本

三朵花

小宛性格內向且糊塗，卻偏偏生具靈巧面相。已近中年後，她已變得漸漸趨穩重拘謹，但處事仍是迷迷糊糊。五名孝順兒女，常常豎起大姆指稱讚母親說：「媽媽已領略人生真諦，練達做人的至高境界，是難得糊塗嘛！」

好友肖男長女出閣，在東成酒樓擺開了三十席。裝扮高雅的肖男，薄施脂粉，穿剪裁合適的旗袍，掩蓋往昔粗豪形象。她竟瀟灑輕盈地在賓客間穿插，重新展現滿溢的青春活力；其爽朗笑語讓她頓成一顆耀目的星，這位女主婚忙著把熱情向親友輸送。

小宛默坐遊目巡視，也選穿這件剪裁合身的通花粉色窄長旗袍，讓她頗感不習慣。她是多麼希望自己能仿效彩蝶，翩翩起舞於全場。欲尋覓新知舊雨交談，又恐要命的退化視力，招惹麻煩。為免常常錯把馮京作馬涼的許多笑話再發生，只好以微笑抑制忐忑心態；靜坐不敢亂動，並不介意讓人誤會為孤傲之族類。

筵席遲遲未開，場裡嘈音與樂聲滲雜震盪耳際，小宛饑腸也在急急引起共鳴。忽然、身前立著一位五官富泰，身段適中的太太，容貌依稀似曾相識。她立即站起，熱情地伸手相握，那位太太在自我介紹，原來她是潔瑩的表姐，丈夫姓丁。而且知道潔瑩，肖男和小宛曾誼結金蘭，是美譽冠全校的「三朵花」故特來相見。

憶及少年事，小宛靈光頓啟。想起多愁的潔瑩不久前從紐約來函，語句煩憂，深深感嘆人生無常。原來她的二表姐夫數月前因肝癌而逝世，沒有兒女的二表姐，孤清淒苦，孤獨地住在墨爾本東區，又拒絕親朋探訪境況可悲。今晚難得見面，禮當表達關懷之情。

好了、她終於想通而心情不再緊張了。小宛拉直旗袍下擺，收斂笑容立起，殷殷詢問近況，語氣是無限關切和輕柔聲音慰問：「逝者已矣，表姐能堅強為自己安排生活，令我敬佩，節哀為要，請多多保重，往後若有事要我效功請別……」客氣二字還未說完，丁太太忽然抽出緊握的手，笑容頓歛，面凝寒霜，一聲對不起便走開了。

小宛惘然呆立，認為剛才言語誠懇，態度恰當。或許不該重提傷心事，撩撥其痛苦追憶，便感非常抱歉和內疚，臉上頓現羞愧無狀。

肖男已挨近，俯首低語：「天呀！妳這冒失鬼，正牌老糊塗了；那是潔瑩的大表姐，身旁那位肥胖男士是她丈夫丁先生。平白好端端的嘴咒人家死了，不給人臭罵一頓捧一身才怪，拜托！拜托！請好好坐着吧！小姐、我剛剛已替妳道歉去了。」肖男忍不住偷偷地笑。

小宛非常尷尬，整晚是吃坐難安，再也不敢胡亂開口與同席客人交談了。除了用菜餚封口外，內心深深抱怨外子易圻偷閒不肯出席，否則這禍也不至於……。

二〇一一年重修於墨爾本

敲碎紅魚

秀萍的婚姻，令親友羨慕。雖然屬師生戀，但雙方年齡相近。馮諾文自幼才華洋溢，智商高於同年齡輩。二十出頭便接任中學教師。恰巧秀萍卻因家境窮困，是超齡啟蒙者。也許良緣天注定吧，中二時竟就讀由馮諾文執教的班級。秀萍雖然身體瘦弱，長相卻清雅脫俗，尤其那如一泓秋水的平靜眼神，在雪白的粉額上，柔柔閃動時，使人深感陶醉。諾文和秀萍男才女貌，相互吸引，終於共浴愛河。秀萍中學畢業後，立即成婚。

越南華埠、接近河旁的那排雙層古老磚房，深深闊闊且陰陰暗暗；宛若影片中的鬼屋，氣氛讓人恐怖。無論白天或黑夜，總感鬼魅幢幢，在空間浮游飄盪。南國本是四季炎熱，但屋內卻依然透着一股詭異的冰冷，尤其是這人丁稀少的馮家。

母親馮大娘年少守寡，自從娶了媳婦回來，她便整天躲在樓上，把中年的最後歲月，燃燒在香菸燎繞的小佛堂裡。喜孤獨地生沽，連親友也漸疏遠。自兒子成婚後，每每目睹這對年青人的纏綿親暱，便會湧起一股無法抑制的怨恨：「哼！整日瘋瘋癲癲的，完全沒半分好媳婦樣。」

大娘越想越恨，天天用力敲打青磬紅魚，也難以撫平其心裡魔障。面對兒媳時，總愛繃緊不露表情的五官。儘管婆媳間溝通困難，秀萍仍然是笑容不減地侍奉着，真正體會愛屋及烏的意思。

那寬闊深長的老屋，瑣務繁多。天生勤快的秀萍，把家務料理得井井有條。家姑的佛堂，爐香不絕，竟也纖塵不染；對丈夫更是溫柔體貼，永沒改變學生對老師的服從和尊敬。老房子唯一可以挑剔的，是滿屋子瀰漫的霍霉氣味。大概是馮大娘日夕禁止開啟門窗，拒絕陽光造訪之故。秀萍對諾文提意：「文哥，媽實在太寂寞了，等學校放暑假，你多帶媽到外面走走，或許我們一同到頭頓（註）玩，讓媽享受海風和陽光。」

大娘又聽到了：「哼！自己想玩，利用我為藉口，休想。」她恨恨地細聲呢喃着。

馮大娘居孀後，依靠豐厚的遺產，把諾文教養成才，兒子是她生命中的全部希望，晚年更是倚賴兒子奉養。對媳婦出身貧寒，甚不合理想；更何況其年少夫妻，過度的恩愛，使大娘有兒子的愛被奪去之感。久而久之，大娘的自制力退減了，兒子不在時，常常藉故把怨恨向秀萍發洩。純真的秀萍總以為家姑孤苦寂寞，是孀居太久養成的怪僻，於是更加倍小心服侍。

秀萍常在無意中發覺大娘的目光追隨她，或在石梯轉彎處暗中對兒媳睡房窺探。她還以為老人家有所尋覓，會急忙往侍候。大娘皆是回以冷冷的目光，甚至默然拂袖不顧而去，讓她不禁迷茫。

是房子空氣失調？是日常工作太忙？秀萍終於生病了。她堅持拖着病體，支撐一切家務，克盡婦道。那天、她終於倒下了，再也爬不起來了。

翌日、諾文去上課，秀萍綣縮在床上輾轉呻吟，劇烈頭痛正折磨着她。突然、房板頂射來兩道冷峻目光；她知道是婆婆又在石梯轉角處窺視了，她急忙閉起眼睛，因為她已讀出其眼眸包含的怒和恨。

秀萍終於病逝了，至死她也沒告訴丈夫，婆婆對自己的怨恨。數載的恩愛婚姻，突然失去愛妻、諾文悲痛欲絕，親友聞者嘆息。馮大娘親自辦理非常隆重的喪禮，來賓紛紛稱讚，是難得多見的婆媳情深。

半年喪妻之痛，諾文仍然心境凄苦悲傷。靜坐在沒主人垂盼的梳妝台前，睹物思人，已淚如泉湧。看着已被蛛網圍繞的鏡台，不忍愛妻之物，如斯下場；便決定移動鏡台清理，保持原狀。卻無意中發現牆角處一個紙人，寫着愛妻的生辰八字。並且在不同的穴位上，插著數枝小銀針。

諾文面色蒼白，無力地跌坐地上。其實受新思想且有學問的他，是不肯也不敢相信，這種沒根據的古老邪術；畢竟事情太恰巧，令他有剮心之痛。他萬分悲傷地哭喚着：「娘呀！

娘呀！您怎能如斯忍心的對我們，您怎麼能夠……」解答他的是一屋寂寞，那挽不回的事實，和一串他永恆不願解開的謎。

（註：頭頓市是越南南方著名渡假勝地海港。）

二〇一一年元月仲夏

蒼天張眼

越戰末期，烽煙依然彌漫。自戒嚴令頒布後，入夜的堤岸市，燈火暗淡，靜寂猶如鬼城，難見普通百姓往返。僅有持槍掛彈，掩藏在屋簷下的士兵。他們緊張的面容，四處凝望，防備躲在暗處的敵人。

為了保護首都，把一隊隊如狼似虎的別動軍調進來，讓其駐守華埠堤岸市。從此那沉重操過長街的步履聲，日夜敲響着車道或小街，仿若與空間傳的槍聲協調合奏；使家家戶戶提心吊膽，寢食難安了。

黃昏後、大地又陷入一片死寂，間或閃亮長街的照明彈，滲配着轟隆隆的槍炮聲，令聞者皆失魂破膽。家家深鎖門窗，在等待黎明。夜空星月卻依然瀟灑高掛競亮，並教唆那陣陣好事晚風，在樹梢飄蕩窺探，彷彿要揭露世間的悲慘。

門縫中透進點點螢光，使長夜更添悽涼。常言子彈無眼，前天隔鄰關老闆在室內也中彈受傷，故張炳超特別小心，要妻子范氏香和女兒麗花把床鋪張羅，各人為了安全睡在地上。

陣陣急速粗暴的敲門聲，頓把張家各人睡神趕走，且讓面上尚存的丁點血色褪光。范氏香拉著女兒匆忙跑進廚房，讓她躲在早備好的灶底下。

張老以顫抖的手，打開猶如千斤重的鐵鎖，站在身後的范氏香被嚇得臉色灰白。立刻衝進三位目露兇光的別動軍，最後一位軍服肩頭上嵌有一粒花的士官說：

「何故不開門，媽的、你找死了……」一連串髒話隨腳步溜出。另二位士兵不用上級命令，已熟練地在樓上樓下翻箱倒櫃了。

張老兩夫婦眼看一生積蓄已被搜刮盡，屬越裔的范氏用純正的越語跪拜哀求，但那軍官竟作勢用槍指向老張的頭。老張被激狂了便與他們拚命搶奪，惹怒這些凶狠的軍兵，伸腳把他踢倒。可憐老張的頭，碰在牆壁至血流如注。躲在灶下的麗花和范氏香齊齊的驚呼，於是、麗花被發現，軍士把她強拉出來。

標梅早過的麗花，四十有餘的她，皮膚幼白且五官尚算嬌俏，讓那獸慾邪惡的軍士，在她雙親前輪流強姦了；氏香和老張在救女兒時與士兵搏鬥，也被殘暴的軍人用槍柄和腳打到受重傷。加上老張失血過多，已奄奄一息。衣服被弄破，人被蹂躪後的麗花，痴呆地蹲在地上，竟像啞吧般不懂哭喊。氏香摟著老張，把其軀體拖向女兒，三人抱在一起，卻只有氏香在大聲哭叫著。這平日安守本份的家庭，卻逃不過悲慘的噩夢。

忽然、一輛軍用吉普車停在門外，走進幾位穿著整齊的陸軍部隊。一位肩膀上有三顆白梅花的軍官，急跑進門後立則傳來三響刺耳的槍聲；躺在地上的屍體，仍圓睜雙目，好像有串串疑問。

那位中年的陸軍軍官跪在地上高叫：

「爸爸、醒醒呀！醒醒呀……」老張扯動一下眼皮，便軟軟垂頭，離開這充滿罪惡的塵世。

范氏香也頓時昏倒，麗花完全沒動，仍呆呆地縮在磚石上。軍官伸手欲扶起母親，立刻叮叮噹噹從其衣襟裡跌出一堆珠寶金銀首飾，鑽石的光芒在誇張閃耀，彷彿在告訴他，因果會有報應，以為是已醉的蒼天也會隨時張眼。

仁心仁術

在蜀城僻靜小鎮東，熱鬧的長街上，「薛青助產醫院」那面漆金的小銅牌，在艷陽下閃爍著耀眼光芒，招來大城小鎮絡繹不絕的孕婦。朝夕門庭若市，頗為熱鬧。

仍小姑獨處，四十剛出頭的薛青，親自任接產醫師。其精湛接生技術，把其頗惹人厭惡驕傲姿態，和她那棕色皮膚的平庸五官，肥矮身型完全掩蓋。遠近慕名求診者很多，深得產婦家屬敬仰。沒人知道她屬何國？原藉何城、何鄉？究竟是從那處移來？畢業於那間學校？曾任職於那間醫院等等連串問題，從沒得到答案。久而久之、人們認為並不重要了，只要其現在是遠近馳名的接生婆。

自從政權頒發一胎制後，各家各戶祈求能一胎得子，女胎注定被犧牲。薛青更加門庭若市。她檀長替孕婦讓女胎流產，她說：

「為了證明我判斷準確，以免各位抱絲毫遺恨和懷疑，要等胎兒成形後才取出。」若遇上經濟困難者、菩薩心腸的她，免費助其流產甚至贈藥，賺得鄉里更多頌揚。

薛青的侄女張小姐是醫院裡唯一助產護士，同時兼電話接線員。雖僅三間病房，也非常忙碌。張小姐生具一雙電眼，曲線玲瓏的身裁，容顏堪稱美艷。長髮過肩的她，只要略舒媚眼，便可吸引陪太太候診男士們的日光。

「好點了嗎？害喜期總也算過去了，薛醫師肯定我這胎是男。前兩次是女胎，幸好薛醫師高明，取出時已四肢俱全呢。」孕婦甲以老客戶的身份，她面露出無限的幸福，與孕婦乙閒聊。

「妳真好福氣，我這第三胎仍是女的，已和家人商量反正是骨肉，男女也不再重要了，只求母女平安。但薛醫師說胎兒不正常，再過些時看可否補救？若不、便要人工助產。現觀察期剛過，希望能無事順產；唉！真煩惱極了。」孕婦乙一臉愁苦。

張小姐款擺柳腰移步，對孕婦乙說：「薛醫師說胎兒不正常，為了免生意外，下週五妳早上服了這瓶藥，下午一點來做手術！」

薛青出診，竟迷途在群山連綿的盆谷地。她惶恐害怕，手足無措，黑夜裡難辨方向。東尋西找，也未見出路。幸好滿天星月華光燦爛，四周圍繞如屏障的高低山影，仍清晰可認。陣陣凜冽山風，如猛獸般颯颯煽動，又若雷鼓般頻頻衝擊耳膜。並強蠻地急急亂亂搖撼參天樹枝，好像是意圖把世界摧毀。突然、烏雲密集，月隱星藏。漆黑天地彌漫迷迷濛濛的煙霧，景物驟變一片白茫茫。

薛青奮力奔馳，向高峰努力拚命攀登；座座尖削險峻山巒，彷彿鬼魅般作弄她。那雙使其富裕而不斷殘殺小生命的手，被磨刺得傷痕縱橫，血跡斑斑。那雙堅固的膠底鞋，也已被石壁磨損。其腳下無數小精靈，在厲聲悽悽地哭喊，齊齊伸出雙掌抓向薛青：，小口不住呢喃：

「還我命來！還我命來！嗚⋯嗚⋯嗚⋯⋯」淒厲聲浪從群山傳遞，不住地迴蕩着。

薛青膽戰心驚，魂魄俱散，用力甩掉緊拉袂管的小掌；又竭力踢掉捉抓足踝的雙雙冰冷小手，冷汗如雨般夾背滲流。刺骨寒風已直透衣裳，且不停侵蝕心坎，此際唯一念頭是：

「走⋯⋯走⋯⋯快走！我要逃命！天呀！我要逃命⋯⋯」忽然，耳際傳來陣陣驚心動魄恐怖召魂鈴聲。

薛青被梳妝台上連串電話鈴喚醒，窗外空氣清新，花香鳥唱，紅日已高昇中天了，她揮抹髮際仍然流淌的汗水，抖索地拿起話筒：「喂！⋯⋯唔⋯⋯唔⋯⋯是沒問題，明天下午來拿，有兩個呢，記得了。」

放下電話，內心忐忑不安，是合伙出售女胎的于倩，她倆營謀出售女胎，給富豪燉製補湯，總是先交錢，每一個價值一萬元。終於，薛青開始每日寢食難安，良知和金錢在不停地交拼着，她迷惘凝注紅木檯上那座鍍金感謝紀念牌，被艷陽灑映，那端正的字體「仁心仁術」彷彿在閃爍著譏諷光⋯⋯。

情比金堅

露茜抱著出生三個多月男孩逗樂，那本來平凡五官洋溢無限幸福。因為手中抱的是李家長孫，是將來巨額家產的承繼人。昨天西門父母看著嬰兒喜歡極了，含淚對嬰兒說：「好乖孫我們終於後繼有人了。」小寶寶也像聽懂般用眼睛表達笑意呢，兩老高興之狀真是無法形容。

剛滿三十，中等身材面帶書卷氣的西門，悠然地倚在皮沙發上，和妻子逗弄懷中寶寶。忽然間他情不自禁地，吻著露茜那肥白的圓臉龐說：

「老婆，辛苦妳了，有妳母子倆我太幸福，上天所賜已足夠了。我們永遠在一起，共同享受上天的恩賜，這一生擁有妳是我最大幸福，這一生中妳是我唯一的女人。請相信我，相信我只愛妳一個。這個情人節我會送妳一份大禮物，感謝妳為李家辛苦了。」

西門昨晚對她重複又重複愛的宣言，常常在耳際徘徊未輟，想著又想著、臉色被愛的光輝照亮，容貌竟是呈現嫵媚和嬌美。她不禁輕輕撫摸寶寶如棉絮柔軟手掌，以微細溫柔的聲音喃喃地說著：

「謝謝你，謝謝你到來，我真正感受從來沒有的幸福，謝謝。」看著小寶貝白裡透紅的臉龐，嘴角掀掛起一抹驕傲微笑。

每季一次的同學兼閨中密友茶聚，輪流在各家舉行。女士話題扯開，滔滔若缺堤之水，難以停止。彼此紛紛誇耀了丈夫如何關愛家庭，或婆媳間永遠存在的糾紛。情人節剛過，她們移轉話題，又忙著展示情人節收到丈夫送的禮物，因為可以證明丈夫對自己的愛有多深。露茜中指的鑽戒，隨其常常捧起茶杯慢慢啜飲的姿態，正在閃爍著誘人光芒。珍妮不禁驚訝說：

「哎！好大好美的鑽石，最少超過四卡拉吧。」大家七嘴八舌，爭著伸頸觀賞，並紛紛估計價格，露茜卻是靜靜地報以微笑。那與電燈相互輝映的美麗彩光，燃燒起女士嫉妒和比較的心態，使鑽戒主人隱藏的驕傲也無意地流露了。

瑪莉忽然間惹有所思，急急插嘴說：

「對了，這是我店裡出售的樣品，經理說，這款式僅試出兩只，給一位先生全買了；職員都紛紛引此為話題，稱讚其夠豪邁呢，原來是妳先生，另外那只是送給他母親嗎？」露茜輕描淡寫的點首。

近日露茜心裡煩躁，坐立不安。隔房彩姐正呢喃兒歌，讓寶寶午睡。寂靜環境未能讓其心湖安寧，她非常清楚家姑向來不喜歡也不佩戴首飾，尤其討厭鑽石，常說一粒石頭，竟敢漫天殺價，蠢人才會買。所以絕對不會是送給家姑，那麼送給誰？她滿腹猜疑，面上本來洋溢的幸福，已悄悄隱退。多番欲相詢，怕引起爭吵而欲言又止。西門在家時總是無限熱情地擁妻抱兒，繾綣纏綿的情話不休。但這並未使露茜釋懷，圍繞其內心的結越纏越緊，而至終日煩擾忐忑不安。

那天，瑪莉專誠到訪，等傭人奉茶退下後，神秘地悄聲說：

「下午妳先生拖一位長髮年青女郎來把鑽戒修改圈點寬碼，我正好在裡間窺見，刻不容緩的趕來告知，要加意防範呀！婚姻專家說，若丈夫忽然特別溫柔、又送禮物又說情話，就要多注意多小心。」

露茜已無法像以往般鎮靜，漸漸視覺模糊，自己彷彿慢慢沉入冰谷，被寒流淹沒了。面額被淚水侵襲，耳膜讓怒火封鎖，她聽不到瑪莉絮絮不休在說甚麼。

二〇〇九年於墨爾本

喬遷之喜

芳姑配偶早喪，孤身攜帶一雙稚齡兒女，涉險飄洋。為了逃避苛政追求自由民主而定居於現代的「世外桃園」，處處草綠花繁卻一天四季的墨爾本。

個子矮胖五官端正的她，是典型良妻賢母樣，是世人認同的所謂福相，使朋友們稱讚和羨慕。其艱辛奮力把兒女鞠育成才，皆能就高薪要職。雖然各已成家，仍視母親如至寶般，非常孝順。俗語說：

「好兒子不如有好媳婦，好女兒不及好女婿。」是足以為證。超越耳順之年的芳姑，面上總洋溢著歡樂笑容，讓幸福流瀉於人前。

她忘掉辛勞疲累之苦，寂夜撫摸歲月磨粗的雙掌，常感此生也沒有半點遺憾了，且感無限安慰。默默思憶艱辛往昔，現孩子們孝順，已是操勞半生的超值補償，有人生夫復何求之感嘆。

女兒秋玉轉換新豪宅，是夫婦和小叔共同合購。雖然僅是一家三口，卻購置複式樓宇。

六套睡房，皆設備美輪美奐。闊寬庭院，果樹花卉有序栽植；除了游泳池外，另設八人按摩池。真是富貴迫人，氣派極為高尚。

芳姑和兒子江季光媳婦金蓮，帶著雙生孫兒，子松、子強前往祝賀。各處參觀後，對此居住環境，不停地讚嘆！季光把妹妹拉往露台輕聲交談：

「玉！媽堅決地要搬來和妳同住，說這麼大房屋怕妳難以照管。蓮和我曾盡力挽留，但老人家一意孤行；連皮箱也帶來了，真是沒法呀！媽的脾氣妳總該明瞭。唉！」季光沒等玉妹應允，已回身叫妻子把車箱的行李搬放二樓。

深夜松竹呼嘯，肥厚枇杷葉恣意拂拍撩撥，園牆內的米蘭花頓被誘引，以無限熱情待客，頻頻散發香氣透窗。寂靜中隱約飄傳是風聲蟲鳴，正恰巧為芳姑的嘆息聲伴奏。新環境使她輾轉難安寢，不禁牽動愁緒。她彷彿忽然覺醒，幸福已漸行漸遠了，幾乎被阻隔在遙遠不可及的彼岸。芳姑平心思量，畢竟母女較易於相處；且更能被包容，本性頗能隨遇而安的她，慢慢舒解愁懷。

輕步下樓，穿越會客室外的長廊，芳姑被主人房內隱約的語聲留駐：

「真是對不起！沒想到哥哥會送來這份如斯特別賀禮。不過也怪不得他，是媽自己決定的。我想媽很難適應我們年青人生活習慣，住不久肯定又嚷著搬回去了，請你弟弟別介意呀！肯定只是暫時性的，請二弟暫時忍耐別介懷……」

「妳說，若妳媽不再搬回去怎麼辦？」女婿不大高興的話聲回應芳姑輕步回房，也忘了是到廚房拿水吃安眠藥；她倚枕獨坐，張著盈淚眼眶凝注窗外。颯颯風吼竟變成了兒子那晚的語音：

「媽！這些年妳老人家太辛苦了，可恨我沒出息，一人支撐整個家未能盡孝，不能使媽過好日子。金蓮為人直爽，有口沒心，常常惹媽媽您生氣。幸好玉妹能幹，職高酬厚。豪宅寬大舒適，又有鐘點清潔工服務；我決定把媽送去享享清福，我便可安心了。請媽允肯吧！也成全兒子的一片孝心。若住不習慣，慢慢再搬回來好嗎？」

芳姑反復思量兒女的話語，原來自已成了負累物。成了踢來踢去的皮球，竟沒人敢伸手搶接。她整夜無法闔眼，以淚水默默向透簾風聲哭訴，那輪皎潔月色，也表無限憐惜地遍灑瑩光，與燈光一同撫慰這孤寂的慈母心靈。

夕陽哀歌

晨曦初露長街依然靜寂，庭前花草紛紛已醒宿醉。薄霧依稀舖展，樹梢雀鳥；難耐長長漫夜閉嘴的苦悶，正急着張喉引腔吱喳競唱。

方老太彷彿有聞雞起舞的好習慣，正在烹煮營養豐富的鮮奶麥皮，輕聲哼著不成調的曲子。她雖跨越古稀之年，卻仍然是位操作勤快，不肯清閒的稱職能幹主婦。就廚房裡那些亮潔廚具，和整齊有系不亂的陳設，已足令懶惰年青人汗顏。那五臟皆全的小客房，常讓其唯一掌珠闔家消磨半天愉快週末，這也是倆老最感安慰的時刻。

俗語道好景不常在，方老先生去年因糖尿病影響，雙足舉步乏力，平常屋內行動要藉三輪扶扠。一向注重儀表，自尊心頗強的方老，從此謝絕一班好友邀約，把自己圈禁起來。女兒小梅費盡唇舌鼓勵，也未能將老者請出家門。除了後院那坪寬闊綠茵，與鄰居也隔絕的草場。

本來體康健碩的方老太，也因腦血管膨脹而需要動手術，致使本已聽覺較差的耳朵更日趨衰弱。醫院配備助聽器，可惜也派不上用場了。因為方老太抗拒配帶，故接聽電話也變為畏途。漸漸便與老朋友隔絕了，其實她自己也沒法去面對現實。

幸好小梅天性孝順，每天上下班必來巡視，對兩位高齡兼身患殘疾雙親處境，深感憂慮，但兩老堅拒與愛女同住，安守這平房是他們倆老的心願。

方老太在鍋裡邊搗動麥皮邊頻頻側耳聆聽，終於高聲說：

「老頭子，七點多了，還是賴床。等會又要嚕囌說骨頭痛啦！早餐也快好了。」方老太把兩碗熱氣冒升的早點放在桌上，便移步睡房。

小梅進門後，見仍存餘溫的麥皮滿碗，室內靜寂氣氛怪異。頓感惶恐的她，急步進入臥房，那幅駭人畫面呈現。方老太正緊抱著臉容染血，昏迷閉目倒臥床前地毯上的方老，不停地搖晃哭喊，涕淚縱橫。

原來夫妻倆分房而睡，昨晚方老起床，欲伸手取床前尿壺，不慎跌倒，頭破血流。也曾高聲呼救，惜方老太充耳未聞，而他因流血過多，遂漸漸陷入昏迷。

小梅召救傷車送醫院搶救，醫護人員經半天努力搶救後，終告不治。女兒扶著痛哭欲絕的母親，望著安祥閉目的老父，她耳中又彷彿響起老父的話音：

「長壽真是讓我多受罪，上天若憐愛只求能讓我早走，早日了此殘生……」

幸福籌碼

天幕迷濛，細雨綿綿地下着，晨曦卻懶懶散散，遲遲未肯登場。五時將盡，前門輕輕開啟。柳素閉目聆聽，隔房床被吱咿響聲，她知道彼得已回來歇息，頓感寬懷入睡。

僅十一歲稚齡的彼得，早熟的思維，讓他失掉活潑童年。為了幫助家庭開支減輕雙親負擔，自願犧牲睡眠時間。每天清早按規定時間，騎著澳洲家庭送的破舊腳踏車，餐風冒雨，挨家逐戶派送報紙。這份沒人問津的苦差，使他幼弱童心雀躍興奮。小腳踏車載著數量可觀的厚重的英文報，車子幾乎難支失去平衡的左右擺動。他馳騁頗為吃力，在迷濛霧色裡，更感孤寂可憐。

柳素躺在床上思量，內心羞愧傷痛；身為母親，未能善盡母職。使年幼孩兒吃苦，難禁腮邊淚滴。對身邊高低斷續呼嚕聲，頓生厭煩。自私的何榮工餘流連牌桌賭擋，常抱怨三名兒女是累人的包袱，家已綁不牢那顆嗜賭的心。工廠操作薪酬微薄，剩餘的只能夠填補部份債項。

紅日宿醉未醒，柳素披著寒霜，在火車站候等。半生從未上班的她，已習慣異域生活。工作可驅散煩憂，只是孩子儉樸的生活，做童工的勞苦，使她深深痛苦和內疚不安。

早午麵包果醬，晚餐一菜一湯。她在醫院勤勞工作，微薄清潔工資，對五口家庭開支，仍需勉力支撐。她唯一希望是孩子們健壯成長，能受良好教育。對丈夫是否斬斷賭根，已不敢妄存奢望了。兩份工作勞力透支，返家時疲累是很難想像。

二女妮莎最窩心，當母親沉思默想時，常常緊緊偎倚慈母懷裡，用小手輕輕撫摸慈顏，嗲聲陪伴閒聊。

剛履墨爾本，驚為人間仙境。那清新空氣，百花繽紛艷色；樹草展翠佈綠時，是足堪比美桃源的地方。本以為今後日子，肯定會恬靜安逸。

膚淺英語，文書工作是沒緣沒份，工廠粗作或清潔雜務，已足糊口。往昔賦閒享福的日子，早成過去，如何加倍勞動，趕快重組家園，是所有難民們唯一祈盼。逢周末假期，攜備麵包汽水闔家往公園消遣；看著孩子嬉戲於小溪拱橋，鞦韆、滑板，柳素和丈夫在樹下閒聊，皆可分享其兒女童真笑語。飛鳥白天鵝爭啄食殘餘屑碎，足令孩子喜樂無窮。弟妹互相照顧，追逐打混嬉戲於綠茵若錦的草坪上，古舊照像機頻頻閃動，勤快為孩童留下珍貴闔家歡。

是經濟穩定了？交際範圍擴寬，孩子笑聲再引不起父母關注。雙親由暗而明由高至低的叫罵爭吵聲，也再不使孩子驚怕了。曾幾何時，連老相機也給遺忘冷落了。錢！錢！錢已成了柳素和何榮惡言相向的重點。賭癖頗重的一家之主，對拮据家計漠然無睹。每次垂頭喪氣而返時，孩子皆成發洩咆哮對象。本來幸福家庭，竟日夕被愁雲慘霧籠鎖，稚齡心態被陶冶得沉默寡歡了。

窗外綿綿秋雨，身體抱病更使柳素輾轉煩憂。頻頻凝望檯上時鐘，彼得送報遲遲還未返家，天際曙光已漸現。六時已過，柳素內心忐忑不安，終於推被倚窗張望。

兩度強烈車燈，把門前石階照亮；軀體健碩男女警察，站立門前，正緊急扣響門環。彼得扶著歪斜的腳踏車，面容蒼白，長褲破爛處傷口滲血。何榮以凶狠目光盯視彼得，柳素卻急忙為兒子檢查傷處。警察對柳素夫婦提出勸喻，天沒放亮讓孩子騎沒車燈小腳踏車太危險。並說幸及時剎掣，否則後果不敢想像了。

柳素對仍在責罵孩子的丈夫，沒法再容忍，高聲反斥：

「若你記掛家人，該決意戒賭，夫妻並肩把賭債還清，讓孩子安心上學……」何榮面對悲哭妻兒，便低首悔改。更鄭重發誓，許諾重新發奮，與賭擋絕緣。

趁孩子上學，柳素仍未下班，何榮提前返家搜索。將其妻省下現款，盡數納入褲袋裏，又匆匆趕赴賭場。他心裡重複想著，今回定要血本歸還，或許一本萬利，瞧！等待脫胎換骨的今天吧……。

運轉乾坤

特等產房裡非常熱鬧，外祖母逗弄着剛出生三天的外孫，眉舒口笑。小妹圍在床前，和再為人母的大姐素娟閒聊。護士長親自進來量度血壓後，滿臉堆笑地說：

「陳夫人，謝謝送來這麼多水果和西點。金太太、醫生說明天下午可以出院了。回家多休息，看！這嬰兒非常健康可愛啊。」這位中年護士長仍帶著笑容，為她檢查了身軀：

「一切正常。」她順便拿走用過早餐的器皿離開。

素娟的媽媽向小妹說：

「素玲，妳到樓下餐廳為我買一份意粉，也自己選些午餐，我想在這裡多陪妳姐。」小妹拿了皮包，走了兩步轉回頭說：

「姐，妳要吃點什麼嗎？」這比其姐更俏的姑娘，展示兩朵美麗的笑渦

「不用了，這是貴族產院，食物太豐富了。」掩門聲響後，素娟坐起，挨近母親輕輕說：

「媽，您有話要說嗎？」她望著眼前那張慈愛的臉，頓有若少女時被溺愛的感受。

「唔，妳家姑來過了嗎？定大喜若狂了，數代單傳的金家，是本埠望族，再不爭氣添個男丁，妳的幸福便算完了。」她以最低的音調說，且邊說邊用眼睛叮著房門，顯得很謹慎小心。

「媽、耀明說男女並不重要，最要緊是平安呢。但我還是聽從媽的勸告，希望一切成過去，永遠是您、我、和林叔叔的秘密。」素娟低頭默然，忽又用更輕的語音說：

「媽，妳有把她好好安置嗎？將來我一定會把她接回來的。」素娟忽感悲哀，眼圈已微紅，天生的母愛讓她不能原諒自己。想想窮人真可憐，為了錢竟願意出賣初生嬰孩，也永遠想不到此子將是巨額家財的繼承人。想起剛離母體便分隔的幼女，心胸隱隱刺痛。

「素娟，已成事實了，以後別提。我已請人好好撫養她了，替其取名保珠，依然隨妳夫家姓金，妳放心好了。」

素娟心裡難受，為自己的殘忍而怨恨自己。大女兒出生時，家中長輩的索然和無奈的表情，讓她痛苦了頗長的日子。也常常在有意無意中，聽到家姑和親友評論：

「空長一張溫柔甜美的臉相，只生了一女，便五年沒懷孕了。為了傳宗接代，我倆煩惱極了，只是耀明那麼喜歡她；我們只能忍受，是敢怒未敢言呀！唉！」

怎辦？怎辦？素娟的心境沉重，日夕忐忑和焦躁不安，雖然耀明對她恩愛有加，但她和兩老相見時，總感難安。除了母親外，再沒人能知道她已被愁煩鎖困了，又有誰能為她排難解困呢。

是天可憐見吧，素娟終於懷孕了。仍然由世交產科權威林叔叔林醫生負責，例行檢查至生產，也從不肯假手於人，親自悉心照料。在其母親苦苦哀求下，也答應代圓謊，完成了移花接木的勾當。由此更可為證，真是有錢可使鬼推磨呀！

產房門外靜立著前來探望妻子的耀明，他抱著一束淺紫的蘭花。本來一臉喜悅，竟被無意中洞悉的秘密而感驚愕又憤怒；想不到一向憐愛的溫柔賢慧妻子，會做出如斯殘忍拋棄親生骨肉，做出此不可告人的勾當？

他改變主意，沒有推門進去。因其滿腔憤怒之情無法排洩，已籠罩了俊朗的五官。他默坐在花園裡，看著疏落經過的白衣天使，也沒打招呼，彷彿對純白潔淨已引起疑惑。自己內心也非常矛盾，不知該如何處理？難道再扭轉乾坤？讓雙親又傷心失望？或任其瞞天過海？他漸感迷茫，已六神無主了，難於決擇。

「姐夫，怎樣呀？你臉色很差，是那裡不舒服？」素玲拎著一袋食物，已站立良久。對耀明的形態，雙瞳不禁發出串串疑問……。

河畔情結

老方面容悲愁，步履緩慢，朝著人少車稀的荒僻處前行。路盡頭是棟高級別墅式雙層豪宅，兩旁特別設計圓形路燈高射遠照，使正在移步斜坡的他，更顯得孤獨淒清。

那雙盈淚失神修長眼睛，努力凝注樓房，咬著厚闊的下唇，似乎在忍受着心坎裡攪亂的五味醬。他沒法忘記高高鐵柵裡的一切，那段曾經擁有，屬於他的幸福快樂時光，今夜卻加倍寂靜。空盪中煽起無情風嘯，他吐出一聲悠悠悽楚嘆息，伴隨老方滑落樹底身影。枝葉翩翩擺舞，仿若幢幢鬼魅，正譏諷冷暖人間。他蒼瘦的臉埋在雙掌，是羞愧無奈，彷彿不敢迎視夜空，懼怕皎潔星月的星光。

狠狠灌下最後那瓶啤酒，把空罐堆在樹下；他重複堆砌空瓶，若孩童玩積木般。忽又抬眼呆望燈火亮著方向，匆匆低首發出沉重悠長嘆息，好像被燈火燙傷。老方把衣領翻起，一股寒意透身體；何時掛上面額的淚珠，仍暖暖地慢慢滑落。他毅然揮手，拖著搖搖欲墜影子，投入漆黑中。

昏暗的雅拉河畔，那高瘦孤獨身影默立河畔，每日臨堤等候，總抱無限希望，盼重睹倩影隨水而返。那抹淡淡微笑，已朝夕盤旋腦中，他低低沉沉地嘆息，是一種解放的舒暢感。

香荷和老方從小學始便同班，至高中畢業後各奔前程。老方完成大學即棄學從商，隨父馳騁商界；僅短短兩年，已成年青族群的閃耀新星。

所謂有緣終能相會，在某次社交酒宴中他倆重聚了。是久別重逢的驚喜，彼此成熟風韻，或是相互才貌吸引，就這樣再見鍾情。從此任何場合，有影皆雙，歷半載交往便締結良緣。八年婚姻如膠似蜜，是友朋皆羨慕的模範夫妻。

老方父母先後辭世，他是唯一財產承繼人；為遵守亡父遺願，他更加忙碌，甚至跨州越省。一次省際會議後應酬，友人介紹認識雙十年華的小苑，她是任職酒廊的美麗領班。這顆曲線優美的膠糖，緊緊膠著老方，讓其沉迷竟忘了太太。為方便幽會，竟匆匆購置金屋藏嬌了。

偷偷摸摸的半年纏綿，回家面對妻子時，內心總感羞愧。但婚後數年不育，讓他常懷後繼無人隱憂。每想及此、便替自己找藉口，忐忑心境也即釋放了。小苑果然未負所望，終於宣佈懷孕，老方高興若狂，決定向太太提出，把小苑正式收納為妾。

他多番躊躇，感開口艱難，香荷嫺淑賢慧對丈夫信任和順從，使他更加倍不安。「還是多等些日子再說吧！」老方想。

那天，小苑瞞著老方，私下約見香荷，把真相加意描劃，並誇張地說：

「其實他已厭倦和妳共處，也討厭這規律且平淡的生活。想想馳騁商場多麼勞累，妳卻讓他享受不到家的溫暖？要他受沒兒女的苦痛，朝夕像被皮鞭抽打之可悲樣，教他沒法向祖宗交代。善良的他未忍拋棄妳，妳使他覺得好累，好可憐呀，唉！他狠不了心，才求我轉告，請妳自動退出這三角遊戲吧……」

那晚，一位徘徊雅拉河畔哀痛欲絕的中年婦，凝注平靜河床，難抑心坎悲痛。她抱怨丈夫沒親口告訴她已有的決定，也沒聆聽她對此事所思所想。陣陣晚風吹拂，面頰盈滑的淚珠如冰般凍冷。她體會到已失去一切，孤獨靈魂不再留戀世俗，沒希望的明天生存沒意義，河水盪起漣漪迅速回應，是碧水選擇陪伴她。

老方在傷痛欲絕下認屍，證明妻子已懷孕兩月，是意料外結局，令他羞慚悲痛。他不敢責備小苑，為了迎接下一代，他更努力營商。

產下男嬰後，小苑忽然熱中社交，常常盛裝赴約。她開始私人活動，把老方留在家中，漸漸玩至深宵才返。老方若詢問，便冷面相向；甚至爭吵，老方終於認清小苑的本來面目。他又重拾哀愁，常常到河畔憑弔已故妻子，可惜僅餘沙沙葉聲撫慰這斷腸漢。

「醜事傳千里」，小苑偷情緋聞已沸揚於商場。嬰孩的親父相繼也登場，並對老方諸般索求。老方心灰意冷，以豪宅與一筆現款，擺脫惡夢。對方卻貪而無厭，不斷向老方索取。

惜老方心腸已如鐵硬，把商業匆匆轉賣；從此消聲匿跡，連好友也沒法知悉其居處。

那天，太陽日報特大頭條，昨晚某中年華人跳河自盡，身份在調查中。

另一特大新聞：無名氏捐出巨款，設立「香荷基金會」為孤兒升學的補助金……。

良好市民

墨爾本的陽光是被誰寵慣了，誇張地鼓起紅彤彤的臉，恣意妄為地把熱量盡放。可憐入目花樹焦黃，呈現一片枯乾景象。本來處處綠意盎然，享有「花園城市」之美譽；如今花艷草翠的容貌已不再復見了，大地突然變成加倍勤快的燒烤箱。

因天氣炎熱又逢雨量少，食水存量頻頻告急。在三級制水令下，人們心情也終日惶恐，且自動自覺把用水節制。但讓人費解的，依舊有些院落花卉繁盛，草坪青翠。於是，地方執政者便又明令節水者有獎，浪費水和偷澆花淋草者會重罰，以預防應變於未來。

丁旺前院樹枯草黃，他總愛在門前和鄰居議論紛紛，批評那家草坪青綠，誰家花繁果豐。他聲色俱厲地吐出一串責備語言，說得口沫橫飛。並蓄意要把聲浪提高，以引起大家共鳴。人們也有同感，且頗為欣賞其正義感，也難禁為自家乾旱的草木深深地嘆息。

當夜深人靜時，丁旺悄悄走到後園活動。圓月高掛，華光輝映，在其皎潔光線中，仍可照見矮樹樹叢中吊掛著顆顆番茄、青椒。高圍牆邊，有序拉開的鐵絲網，正長滿茁壯的豆苗，並吊掛幼嫩的雪豆。他捻亮手電筒，面上難抑喜悅之情；小心輕輕以花灑灌溉，嘴邊含著無限滿意的笑。長空閃爍的群星，正偷偷張望著，引證人性的虛偽；皓月也在努力，欲射穿其白天所說的謊言。

「大衛，你知道嗎？富士貴區有人浪費用水被罰款了。哈哈！是早該執行的，當政者真是沒知識，水對生命是很重要嘛……」丁旺操著破碎英語，又在發表高論，彷彿自己才是一等好國民。

丁旺嫂採摘了大袋柿子，青椒送給居住後街平房的女兒。恰巧鄰居安妮，正在女兒家作客。

「呵！嘩！這麼新鮮的紅柿子，是您自己種嗎？」安妮又拿起青椒欣賞。

老實不會說謊的旺嫂，滿臉緊張未懂得如何回答，支唔了事。

鄰居走後，女兒滿懷不安地說：

「媽咪，早已奉勸過不要偷偷種菜了。看！現在多難為情呢！太浪費水了，外國人會更瞧不起我們，以後不要栽種嘛，要吃我自己會買的。拜託、拜託……。」

芳鄰們彷彿都知道丁旺後院風光，相遇時只禮貌地招呼，不再駐足聆聽其宏論。他總是莫名其妙，鄰居近日何故都如斯忙碌？

旺嫂對菜埔上那堆芫茜和蔥發愁，吃不完又不敢隨便送人。女兒的話依然在耳邊徘徊，頑固的丁旺是非難辨，定要繼續偷偷種菜。

「唉！……」旺嫂無奈地嘆氣。

楓林道上

春神剛開始甦醒，萬物已競先換裝；楓樹急忙伸展綠掌，向晴空獻媚求吻，竟教春風恣意耍弄。新植嫩幹有序排列道旁，也任憑正在生長的片片翠葉，參差重疊成傘。青草不甘落後，也紛紛邀約春風輕狂亂舞，以那沙沙啦啦之聲波，爭和天地共唱。

曼玲披一身薄薄春裝，襯杏色絲質長褲；天藍短袖緊身低領恤衫，是那樣瀟灑飄逸。她迷茫恍惚的步履欠序輕移，修長美腿支撐款擺小腰，使那美好的身段曲線、更婀娜多姿。奶白光滑肌膚，擁有亞洲人柔和雅緻娟秀五官。迎風散飛那頭烏亮長髮，在陽光輝映下，仿若花神駕降。其憂鬱眼神寫著無奈與哀傷，惹得花草被感染不禁盈淚相望。

晨曦初現，清風送香。靜寂長街小巷，全部屬於曼玲的自由空間。陣陣啁啾的悅耳鳥唱，像專為療治其身心創痛。撲鼻香風，使她注意花團錦簇，眼前展示美好現象。她悄悄折摘一朵爬越木欄沿的淡紫小花，以食指輕撫花瓣；片片脆弱花瓣，頓像離魂般墜落。曼玲被感染得雙眉深鎖，淚濕眼眶；她忽為所動，低低地為自己命運與小花類同而嘆息！

兩年了，她屈服生活折磨，讓迎送生涯污濁了靈魂，折磨着軀體，僅餘日漸憔悴老死心境。甚麼理想？甚麼大志？和她相距越離越遙遠了。她成了待宰羔羊，只能啞然忍受日夕任人揉碎的悲慘命運。

出生於桂林的鄉村姑娘，為了滿足雙親慾望，達成有女放洋的榮耀；經媒人介紹而議就這千里姻緣，做過埠新娘。家裡領受豐富聘禮，雙親興高采烈，忍痛把唯一骨肉送走。

到達墨爾本，才知道是被欺騙了。原來所謂婚姻，是變相販賣人口組織。曼玲被悉心裝扮後，其淡雅姿容艷壓群芳。她那份高傲孤僻，更加讓嫖客嚮往，頓生可望不可及之感。從此、醉倒一群火山孝子，拜倒在石榴裙下的不二之臣很多。她被譽為銷金窩裡的公主，也讓她陷入真正痛苦絕望了。

她輕拭眼沿，把腳步拖得更慢，曼玲喜歡洗盡鉛華後回歸純樸的自己；羨慕每棟平房內的女主人，日夕期盼能過平淡生活。惜都像幻夢泡沫般，像被注定永難實現了。

她從褲袋中取出那封摺痕纍纍的家書，重讀又重讀；父母要求早日移民，渴望早日與她相聚，使她加倍惶恐。若真相大白定教倆老心碎，何忍讓老人家知道女兒在異域操醜業，神女生涯是滿含辛酸淚，她瞞騙着雙親，家書中假意編織的是滿紙幸福婚姻。

她身心疲累，情緒漸漸深陷，終日煩惱難抑。「是！是！是的！就讓一切的一切，猶如昨曰死，遺棄昨天吧！那、那明日呢？明日又如何面對呀？」她暗暗自我安撫，對明天生涯還是無法安排。

被煩擾束縛著，很難梳理繚繞蠶食她，那無形的千頭萬緒，曼玲無助地低首呢喃，眼神恍惚精神又漸陷迷茫，僅任思緒雜亂飄飛。

楓葉窺情也沙沙瑟瑟交頭接耳，是欲助解困，是議論、或是撫慰……

二〇一〇年重修於墨爾本

揮別哀傷

嘉華第二次進入女童院時，才剛過十六歲。年紀輕輕天生美麗且柔弱的她，曾犯下吸毒、賣淫、搶劫、傷人等案件；令社會人士瞠目和震驚。

她容貌秀麗，繼承父親的俊逸，母親的溫柔雅致。那雙大眼睛，常常蘊含着一股無奈。但在母親面前，她會展示兩朵笑靨，用以表達年青人該有的快樂。

據女童院的記錄，她是非常合作地接受輔導，輔導小姐對嘉華也特別關懷，希望能指引其回歸正途。看到她多次被送進來，都深感惋惜。彷彿看到一件曾經修補好的東西，重新破損；雖然無奈，也不會放棄。院方研究，都認為其家庭背景，影響了年幼心靈，是讓她迷失的主因。

嘉華生活在一幢三層樓的獨立洋房，母親是法律界裡的民事律師，父親是一大機構的老闆，是模範的幸福家庭。兩人工作很忙，但對女兒是呵護甚至過分寵愛，給予太豐富的物質享受。

社交繁忙的父母，常留嘉華在豪宅中，和數位女傭無言相對。尤幸她從小愛好音樂，除了溫習功課，便聽音樂或彈鋼琴，讓家中處處彌漫著幽美的琴聲，彌補這童年的寂寞。假日，豪宅也會舉行派對，方振邦夫婦常在朋友面前誇耀，說她有音樂天份，要嘉華彈琴助興。在來賓的讚賞中，讓她有飄然的滿足感。她很注重學校的成績，在乎校方的評語。因她外表恬靜可人，也深得老師和同學的喜愛。

方振邦以應酬為由，開始流連歌壇舞廳，甚至徹夜不回。方太美目已添佈哀愁，日夕沉默地獨坐露台，人也漸漸消瘦了。

嘉華很少見到父親，中學的她，頗懂得家中已起了變故；除多陪伴母親外，內心是無限徬徨。週末、她乖巧地靜坐母親身旁，等待其母在沉思中回望。但這柔弱的婦人，心靈都已破碎了。

那天，司機把放學的嘉華接回，在歸家途中，一部救護車鳴笛急馳，笛聲讓她驚惶不安，不禁催促司機加速。忽見門前停着兩部警車，她更感恐慌，緊拉司機的衣袖進門。傭人們正在個別被問話，另一女警忙着做記錄，忽然都轉頭迎接嘉華迷惘的目光。

她飛步登樓，邊走邊高聲叫喚：

「媽媽、媽媽、究竟發生了甚麼事呀！媽媽您在那裡。」嘉華直奔至其母親寢室，數位警員正在工作，他們在尋找是否有可疑線索。要證明是否服毒自殺或被謀殺？

嘉華日夕的悲哭聲，在大屋中迴旋，令聞者哀傷。可憐的方太太，對丈夫的痴戀，竟忍心遺棄女兒，把那份神聖的母愛也帶走了。她懷抱受損的心靈，在冷酷的世界獨嘗苦痛。

忌辰週年未過，嘉華的父親以照顧女兒為由，讓新歡夢娜住進豪宅。這位全職主婦，雖然已脫下歌衫，仍性喜熱鬧，常在家舉辦舞會。且極盡豪華，是標準的富貴之家。處處笑聲舞影，使嘉華陷入更深的悲痛中。她開始流連在外，父女碰面的時間也愈來愈少了。

十五歲的她開始吸菸飲酒，已失去昔日的恬靜和純真。與一班損友沉淪於紙醉金迷，把父親所給的銀行卡胡亂超支。她因吸毒被送進戒毒所，其父盛怒下，禁止她外出了。那夢娜終日冷言嘲諷，讓埋在嘉華心坎的怨恨加深了。她興起新念頭，把自己變成壞女孩，報仇成了其唯一的目標。

嘉華在外偷竊、互毆，甚至賣淫，還向父親的友人要錢；方振邦為此狠狠責罵，甚至將她逐出家門。

「別想趕走我，這家是屬於我和媽媽共同生活的地方，若不喜歡你們走。」嘉華那凶悍的聲音，瘋狂的態度，把其父嚇得走出家門。

她美麗的外表常常招引不同的男友，她會用不同的方法折磨他們。某次、她用刀割傷某男友的手腕，又用菸蒂把另位男友的腳燒傷，終於遭其家長控告。累積的案件再犯，被送女童感化院。很不合作的她，要求和父親見面。自從父女交談後，她變得安靜，僅躺在床上流淚。她進食不多，也不願接受輔導，日夕沉默地凝視生母的遺照，紛亂的思緒纏繞，她把自己囚在痛苦的回憶裡。那晚她用一塊破碗自殺了，估計是上次從勞動地方找來。

方振邦在痛哭，他後悔不該親口說和女兒斬斷親情，讓其絕望而求短見。

院方研究嘉華的輕生思想，皆認為是遭逢家變的影響，若她能如常生活在幸福健康的家庭，將會是優秀的下一代。

二〇一〇年十二月於墨爾本

過客驛站

在雪梨街的那棟灰色木屋，佔據的土地面積甚廣。其園林的設計，盡顯藝術氣息。常常吸引過路客，讓目光停駐凝望。

健壯膚色稍黑，但五官還算嬌俏的安妮，每日大清早，有散步的習慣，也常常和高眺身材，膚白勝雪的麗莎老太太相遇，共同邊走邊談。天南地北，永遠有談不完話題。她倆沒有相約，但彷彿已成了晨運的良伴。

安妮到祖國馬來西亞渡長假回來，又恢復晨運習慣。當她接近灰色木屋時，只見門窗洞開。前院葉凋花殘，草坪一片枯黃。地上雜亂堆滿書架，坐椅、皮箱等物，幾位男女仍在忙碌地進出搬抬。安妮好奇駐足：

「早安，麗沙老太太要搬家嗎？我可以進去和她聊聊？」安妮禮貌地向一位立在門前的女士招呼，一位身軀健碩的男士走過來說：

「我是占士，是麗沙的侄兒，她在一月前過世了。房屋已轉售，下月屋主會搬來。以前曾聽姑姑談過，有一位亞洲好芳鄰，我想該是小姐了，謝謝妳常陪她散步。」安妮聞此消息，非常難受，有股欲哭的感覺。她匆匆向其家人致哀，轉返家中，已再沒心情散步了。

「這位看來不過七十，健康蠻好的人，竟說走就走。為何她生前從來沒提起家人，也從未見有親屬來探望。」想着、她不禁輕輕嘆口氣。

據說，這位風韻尚存的老太太，是跟隨上代自愛爾蘭移來墨爾本，年青時是鄉村民歌手，但命運不濟，唱遍整個澳洲，總沒法名震樂壇，難名成利就。且年事漸長，知道娛樂界並非其該留的地方；便與其追求者結婚，以為終身有所倚靠了。誰料只短短一年，便離婚收場。如此的結結離離，經歷了多次失敗的婚姻，讓她完全醒悟了；於是決定移居到小鎮，過平淡的獨身生活。

麗莎是一位熱心長者，常常幫助有需要的人，安妮就是這樣認識她的。她待鄰居街坊，都非常慷慨，家居用品或食物，喜歡送出分享。她常掛口邊的一串話：

「我們都是過客，拿着單程票匆匆走過，永遠不可回頭走，又何能擁有世上的一切。用不完的東西，能與大家共享，是我最快樂的事。」她滿臉的笑容，讓受惠者也心情舒暢。

麗莎老太的家，佈置簡樸，屋裡是纖塵不染。院子花卉很多，僅玫瑰已有數種顏色，四季總現不同花類，讓過路者停步欣賞。安妮就是得老太太的幫忙，也有四季不同花圃展現。連窗欄上的盆栽，因得名師指點，亦秀氣地在小盆中茁壯。

安妮倚在窗前，默默回憶。最後一次老太太到訪時，曾經說：

「人生短促，過去的甜苦我也不想了。」她輕輕地啜飲那杯特別為她泡的中國茶，又接着說：

「最近、我常常感覺快要離開驛站。雖然這裡並不屬於我，實在也花了很多心思。當夜靜時，竟會產生無端的恐怖，就是有股難捨之情，讓我感到無限戀棧。」麗莎老太太眼眶裡，有等待溢出的淚珠在翻滾。

獨居的安妮，內心也在翻滾了五味醬。她不禁徘徊於屋中，對家中一切一切，都彷彿有麗莎老太太的身影。耳中也依稀聽到，重複又重複老太太的悲傷話語，這裡只是過客的驛站。

二〇一〇年十二月於墨爾本

未雨綢繆

西方國家對老人福利設施妥善，真可謂無微不至美國南加州一棟老者公寓，五層L字形；有密圍鐵網的露台和長窗樓宇，極其宏偉可觀。戶戶潔淨的小璃窗，遍植綠葉紅花。風過處、那纖秀的文竹，定會翩翩起舞，環境如斯舒暢恬適。

公寓內設一小型西餐館，由政府津貼的營養廉價午餐。附近幾間小型老人院的老者，都喜相約到此共進午餐，故常常座無虛席。

朱迪鄧老太太因伴侶剛辭世，傷痛心境久難平復。幸好院中好友給於關懷，於是，鄧老太又重新活躍起來。她積極參加義工行列，每週兩天在公寓文房做文書，登記拜訪者名字。

年過八十五的她，因從小養尊處優；故仍是皮膚白且幼滑，歲月也沒刻意在臉上留下痕跡。總讓人難猜出真實年齡，她也引以自豪。可惜雙腿常酸痛無力，要依靠手杖來幫助。

那天，鄧老太赴數位芳鄰邀約，在餐堂共聚。她坐下後把手杖鈎在桌邊，紛紛天南地北的展開話題。各位面上露出歡樂之色，且爆出連串的笑聲。讓證明晚境並不寂寞和無奈，她們正享受夕陽美景。

鄧老太吃完餐後甜品，輕擦被笑淚弄模糊的眼鏡，準備回房休息。發現手杖不翼而飛，各人立即幫助尋找未獲。不遠處一桌三位老先生，年齡七十左右，正在高聲談笑。鄧老太一眼看見那桃花紋龍杖，正懸掛在其桌沿。她移步上前，禮貌地說：

「先生，這根手杖是我的，杖頭桃花五朵，兩朵仍未開放，我可以拿回嗎？謝謝。」

「甚麼，怎會是妳的？我上月在唐人街三十八元買回的，我的朋友可見證。」瘦骨嶙峋，面容忿怒的高個子立站起來，其他兩位也在附和。

鄧老太生氣又徬徨，迎接四周投來看熱鬧的目光。她的好友也紛紛代索還，其中較年輕的郭太太，忽然高聲說：

「這杖是我陪同鄧老太去買的，我清楚記得是四十六元。昨天、還清楚見到杖尾尖端，仍有撕不掉的紙痕。」她利落地倒拿木杖，給餐室內的人們看。果然價目依稀可認，頓引來一陣噓聲。

「對不起、是我認錯了。」三人便匆匆離去。

忽然、門外傳來嘈雜語聲，有人在石階跌倒，住院的護理急忙幫助照應，好事的住客也跟著去看熱鬧了。

翌日、鄧老太正在文房服務，郭老太幾位正從外而回。

「是專為妳買的叉燒包，趁熱先吃吧。說給妳開心開心，真是有報應的；昨天那位偷手杖的老頭，在街上跌斷了腿，這次真需要用手杖了。哈！哈」於是，老太太們又圍在一起閒聊了，都在笑此老頭懂未卜先知，在未雨綢繆呢！

異國情緣

雙目迷茫，臉容困倦的方華斜倚床頭靠背，是一幅病美人姿態。丈夫彼德出國後，仍然按時來長途電話，千叮萬囑要準時吃藥。其愛憐之情，像靈丹妙藥，已足讓減輕病苦。回想當初堅持隨他而去，拋國離鄉，甘願違抗親命，至今依然沒有半點後悔。

可惜幸福很難永遠擁有，自從生下兒子尊尼後，便日夕病體懨懨，精神萎靡不振，以藥佐餐了。猶幸四歲的尊尼，常常偎倚繞膝，頗懂解慰慈親的落寂心境。彼德家族顯赫，是經營百貨出入口生意，生意遍佈國內外。一趟因業務飛往中國湖南，和方華認識，是其客戶的秘書。她那東方女子的溫柔含蓄美，深深吸引了彼德，使展開連串痴迷追求並談婚論嫁。他甚至忘卻祖先古訓，獨子不可與外國人通婚，說明暫時先一同生活，讓生米成熟飯，家人定不反對。憑其痴情的表現和烈火般煽動，方華也不顧一切；跟他回到澳洲，而且不求名份，恬然定居在雪梨市郊小鎮，和男家親人保持距離。他們也視方華如同陌路，雖知道有這麼一個人，但從來沒邀請她在彼德的家宴中列席。

方華曾經努力自修英語，並搜集有關丈夫國家希臘風土文化的書本看，祈望將來能讓夫家接受她。尊尼仿如彼德的翻版，除了頭髮是黑色；其五官是洋人模樣，並操一口純正希臘語。對中文卻不感興趣，使她束手無策。豁達的方華也不強迫，反正兒子年紀還少，便心境泰然。

長袖善舞的彼德，業務擴展迅速，出國次數頻繁。那天，他輕摟方華說：

「達令，妳整天在家，會悶出病來的。何不到妳們中國人的圈子轉轉，多結交些朋友。」方華倚在伴侶懷裡，內心感到無限甜蜜。賞試廁身華人社團，因與外族同居，自己常常懷有戒心。認為別人會背後恥笑她，漸漸謝絕友人相邀，寧願孤寂獨處了。

方華在不自覺中患上了憂鬱症，臉上的笑容被隱沒。半年前，彼德半哄半迫，陪她看心理醫生，以後吃藥複診成了其生活的部份，且面上的憂慮也日漸加深了。久而久之、彼德以商業繁忙，和方華的健康該多休息為由，很少帶她外出。她好像脫離塵俗的清修者，又彷彿被流落外域的異鄉客。

彼德仍然供應豐富的物質和金錢，令她能享受生活。方華也完全放棄了要融入彼德生活的興趣，尊尼對母親的沉默也起疏遠和反感，且日漸喜歡跟隨爸爸流連在祖母家中。

「太太，太太，妳可好嗎？請起來吃藥吧！快午餐時間了。」這位來自天津在方華家工作多年的中年婦人玉姑，對方華非常關心和同情。發現每次男主人匆匆回家時，停在門外的賓士轎車內；總坐着位金髮美人，感受到女主人已漸被遺棄了。

其實方華是個細心和聰明的婦女，彼德的漸漸疏離，她已查探出原因。也努力讓自己堅強，慢慢放棄依賴藥物的習慣。並向彼德取得一筆款項，開設地產公司。因為目前大量移民湧入墨爾本，將來地產前景無限；並且一向當公關的她，重新在商場馳騁，可說是駕輕就熟。憑藉其經驗和口才，很快便得到行家們重視；代理各類房地產，僅半年便銷售額可觀。現在的方華也非常忙，對彼德是否回家，並不重視了。對兒子的態度，是無奈和失望。

彼德在豪華公寓裡，擁着那金色長髮披肩的妙齡女郎嬉笑。女郎撒嬌地搥打他胸膛說：

「不是說那醫生是你的好友，會讓她自以為是精神有問題而同意分開嗎？看！她現在比誰都好，且有自己的生意，若不肯離開我怎辦？算了、還是和我正式結婚吧。反正妳們根本是沒登記註冊，是非法的。尊尼已習慣和你媽相處了，孩子歸你撫養是絕沒爭議的，放心吧！」彼德笑着輕輕撫弄其耳垂，深情地注視她說：

「再等等吧，我要尊尼真正的選擇我，也要別人認為受傷的是我，別辜負了朋友眼中向被視為情聖的我。我和妳的關係，仍未到可以公開的時候，達令、我也不想人們說妳是第三者，是可愛的狐狸精。哈……哈……哈……」說着兩人已緊緊摟在一起，陣陣浪語聲吞噬四周的寂靜。

二〇一二年元月於墨爾本

錯越陰陽界

鴻龍大道的盡處一條通心巷裡，非常熱鬧，傳來陣陣木魚、鼓笛和誦經聲，敲破了這地區每逢入夜本來的寂靜。

丁芳怡隨着母親坐在門前撐起的帳篷下，看人們三三兩兩不輟上香跪叩，瘦削蒼白的臉，浮現懼色。她是陪母親來給姨婆拜祭，老人家因病而逝，享年僅六十。

這位沒有下一代的自梳女，安靜地躺着。四位年齡不等，穿戴道士冠袍者，正在高聲唸誦倒頭經，據說可讓死者靈魂得以超生。一位滿面淚痕的中年男子，低首跪在屍首前，聽隨道士的擺佈。

「他們記憶真好竟不用看書，若我在課堂裡，也能朗朗背誦多好。」芳怡心裡羨慕，才過了十三歲生日，仍是孩童心態；學校成績總是免強升級，故常常抱怨自己記憶力太差。

今晚風力特別吹得起勁，掀動帳幕不停響震，連那蓋在屍體的被不停展捲，掩在面上的元寶也被吹落。芳怡忍不住偷瞄一眼，見姨婆眼皮彷彿微微動了，嚇得她緊緊倚近母親。

姨婆名字叫英姑是芳怡家走動最勤的親戚，是外婆和姑母的麻雀戰友。四方城圍戰，她們可以不分晝夜；牌品好的她輸了仍然把微笑掛在臉上，若贏錢了傭人比她更高興，定可得到意外賞錢。英姑年青時喪失雙親，靠那筆富裕的遺產營商，把唯一的弟弟教養至成家立業。聽鄉親說，是為了弟弟才梳起不嫁。常言相處難，同住更難；慢慢弟婦感覺這位大姑是家中的負擔，丈夫對大姐簡直太好，讓其漸生妒意，因不能當家作主更生出一股怨恨。終於鼓厲其丈夫，另購這小巷的一單位，把英姑搬出大屋。

人到暮境最怕是寂寞，於是英姑開始喜歡串門或搓麻將。她以前經商時，非常順利，留下富裕家財，足夠支付安養晚年。她喜歡芳怡家人丁多，彼此相處融洽。孩子喜歡她，更希望她能來此居住；因每當犯錯受到責罰時，她便挺身維護，使孩子可免體罰之苦。上上下下各人都喜歡她，待她猶如一家人，讓其深深感受家的溫馨，故也會常常留戀忘返了。

本來身體頗強壯的英姑，這次病得很突然，僅偶然中暑氣竟輾轉個多月，西醫中藥皆無靈。那天就在其弟弟陪伴下，拋棄世間的喜喜悲悲，離開凡塵俗世。

華人的信仰慣例，人死後等誦經超度才能下殮，也可讓親友們瞻仰遺容。廚房也正忙碌為守靈親友和道士備宵夜，屋內外皆飄浮菜餚香，和焚燃的檀香比賽。今晚風勁特強，也像湊熱鬧般呼呼吹動。

掛鐘已在鼓打了九響，門前仍然拜祭者很多。兩張大圓桌已放了碗筷，白菓粥和炒粉正冒出熱氣，溫暖着哀悼者的心。會兒，已是座無虛席了。正在忙出忙進的幫廚說：

「對不起！請等等、還有第二輪呀。」

這時芳怡再偷眼瞟向姨婆，彷彿露在白家被外的手在動。她把頭更靠緊母親，顫抖着說：

「媽媽，姨婆的手在動，真的、我怕。」芳怡母親正要責備和安慰女兒時，見到英姑不只手動，連胸前也微微起伏。覆蓋臉上的元寶，已被吹落，英姑的眼竟張開一條線。在她們母女倆的驚叫聲中，立刻使來賓們爭相奔逃，連道士們也走出帳幕外，祭台香爐祭品已被碰撞傾倒，人們僅抱一個恐怖念頭，是屍變了。

「別走、別跑、我還沒死，你們別怕。」英姑已微撐半邊身體，以脆弱的聲音說。

終究是親情為重，英姑的胞弟已立刻趨前，把英姑扶起，跑出屋外的人也回來了。他她們七嘴八舌的把英姑圍上，都等待着這罕見奇跡的答案。

任人們想方設計如何追問，查根究底，事隔多月仍沒得到真正答案。已斷氣快一天的人，怎樣想都不可能復生的。或真是壽數未盡，被判官遣返。但英姑只輕描淡寫的說：「其實並不奇怪，是我自己老眼昏花，竟誤越陰陽界而已……

二〇一一年初秋於墨爾本

山城生死戀

處在越南中部的大叻，離城市約二十分鐘車程，被環山圍繞的那片廣闊盆地；植滿了玉米和大蒜，及各種蔬果。遠遠錯落用泥巴為牆，以茅草作蓋的平房，欠次序散列。一望無際的青翠，嬌柔地隨風搖曳，吟唱着醉人的大自然之曲。長長蜿蜒的黃泥路，在綠油油的田徑中隨意伸展穿插；延接至公路上，是村民唯一的進出路。

有黑牡丹稱許的李姑，樣貌俏美，體態苗條。性格率直開朗的她，常把可愛的小酒渦掛在面上。每天晨曦初露，她便勤快的肩挑笨重的木水桶，哼着村調民謠，代替母親在田裡灌溉。夕陽把餘光傾灑時，她依然哼唱重複早上的工作，永遠像天堂鳥般愉快。猛烈的正午炎陽，偷偷竊過闊邊草帽，窺看李姑緋紅掛着汗光的俏臉。她以手背頻頻揮抹汗珠，怡然自樂。這條村仍是很守舊，未懂採用機器，一切靠雙手運作，豐碩的收成，是村民最安慰和快樂。

李姑的父親在越戰中犧牲了，她和體弱多病的母親相依為命。剛過十七年華的她，已彷若耕作能手。當夕陽散發餘輝，她已將大把田裡採來的玉菜（即大芥菜），煮成佐餐佳餚。全村是清一色華族，都是虔誠佛教徒。皆保留中國傳統，節日也舉行拜祭儀式。相隔數公里的一條新村，是越裔居住，是虔誠天主教徒。

在華人聚居的小村內，卻孤零零豎立一座天主教堂。教堂旁另間規模較小，是兩位修女駐守的醫療站。也是村中獨有兩間磚瓦屋。據說神父常來為村民祈禱，派送食物、藥品等接濟品。並謂不日將派人為村中兒童授課，傳揚中華文化。

那天，山風輕輕煽動，玉米莖邀蒜苗共舞。李姑漫步田隙邊行邊哼唱着，到石井汲水。忽見柳樹下有一位青年在看書，李姑差點給其伸出的長腿絆倒，彼此就是這樣認識了，以後兩人碰面都會交談。原來他叫亞夫，是教會特為村民派駐的老師，尊助村民教學。

光陰溜逝如箭，半年時間竟讓李姑心湖凌亂，亞夫其俊秀外表使她漸漸深墜情網。

村民並不熱烈鼓厲孩子上學，怕阻礙田耕。亞夫逐戶遊說，強調願意安排在晚間上課。李姑首先響應，約左鄰右里女伴一同求學。慢慢學生也增多了。亞夫悉心教導，諄諄善誘，甚至學生留連深夜，他仍未感疲倦。

村民對老師日漸尊重，常常採摘新鮮菜果送贈。因恐瘦弱的青年，難捱鄉村生涯，李姑常助其砍柴、洗衣煮飯。亞夫喜見李姑中文有基礎，空閒時便教一些簡短詩詞，李姑悟性頗高兼努力，學識和感情一併進展神速。

彼此共處快一年，李姑戀慕亞夫之情更深切，默許永遠相隨。亞夫對李姑是若即若離，其目光日益憂悒，人也越見消瘦。授課的時間減短了，終日沉默寡言，甚至關閉講室，自己躲在房裡。那天、李姑輕叩門環：

「亞夫、你怎樣啦？病了嗎？請開門……」

「走吧！以後別來煩我，讓我好好休息，討厭。」亞夫沒有開門，只在房裡粗聲吼喝。李姑仍溫柔地求見，房內卻靜寂。純樸的村女，初嘗相思之苦，淚珠悄悄滑落。

兩週後一個黃昏，神父駕著其吉普車把亞夫載走。李姑聞訊飛奔前來，惜車影已消失於視線內了。李姑悲痛欲絕，朝田野深處狂奔，邊跑邊哭；他竟沒一句道別，自己的感情沒被珍重。忽然、住在教堂附近的符家小孩福仔，遞給她一封信，是亞夫給她，急急展讀：

「李姑、這些日子謝謝妳的關愛和照顧，讓我感受溫暖幸福。這一生、妳是我唯一虧欠的人。我是孤兒，自幼由教會撫養，長大後正欲回餽社會，為人群服務，不幸被判「肺癌」。是我自願懇請神父讓我來這山村貢獻餘力，願在這遠離塵囂，群山翠擁中的恬靜之所作最後彌留歸宿。可憐的妳誤闖我的心扉，使初諳男女之情，讓我有所牽掛，使我懼怕死。多少次萬籟俱寂的午夜，我跪在教堂祈求，請天父憐惜，給我多些時間。是妳讓我有所留戀，捨不得如斯死去，惜一切一切已太遲了。李姑妳年青，將來是美好的，忘了我吧，就當是一場夢，是一隻飛過的鳥，盪過的風，一片片浮飄去的雲。請信天主的安排吧！我想通了，請讓我悄悄去……悄悄……」

李姑視線摸糊，把信緊緊抱在胸前。

二〇一一年四月仲秋於墨爾本

雲開見月明

雲姨嫁進張家的那一天，竟是靜悄悄的。不但沒有鼓樂喧天，和點燃喜氣洋洋的爆竹，連一個到賀的親友也不見。

她頭上插載紅花，低首跨越門檻時，等待迎接她的是一爐燒紅的火盆。她小心萬分地跨過後，在高高掛在豪華客廳門前，是張大娘的黑綢褲；那寬闊的褲管，正冷冷漠漠地期待着，看雲姨怎樣受胯下之辱。

雲姨順從地任由傭人李媽擺佈，那襲淺紫交織銀線的旗袍，把她天賦美好的曲線和體態，襯托得更迷人。尤其淡妝濃抹皆相宜的臉龐，卻隱約透露難掩的哀愁。她矮身鑽過綢褲，算是過了兩關，正式成為張姨太了。其實她是千萬個不願意，但日夕迎來送往的生涯，讓她自慚形穢。在曲終人散後的孤獨心境，苦壞了二十剛出頭的她，為了脫離火坑，便決意從良。

張大富瘦削如柴的身軀，滿布皺紋的平凡五官，總難引人好感。已過半百年紀，仍喜留連花街柳巷。他自從邂逅雲姨，即被其清麗且未沾染風塵習俗而吸引，決意重金為她贖身，納為偏房。以不孝有三，無後為大的理由，張大娘也只好悻悻然接受。也為自己肚皮不爭氣，兩胎都是女兒而暗暗嘆氣。

左鄰右里的人，都擠在門前窺探。並指指點點，竊竊私語。有好搖口舌者，更譏笑臨老入花叢；也有為雲姨感到可惜，一朵鮮花竟插在牛糞上。

張大富樂極忘形，讓滿口閃耀的金牙齒，盡露唇外。他和太太坐着，等待雲姨下跪奉茶。「好了，好了，以後是一家人，要聽大娘教導，照顧兩位小姐，並為我傳宗接代。哈、哈、妳回房等我。」他忙着把雲姨扶起，並給了兩封紅包，眼睛已笑成一條線了。

納妾儀式就是如斯簡單，匆匆半個小時後，一切回復原本模樣，但卻改變了雲姨的一生。妓院裡的姐妹，皆無限羨慕雲姨能嫁入豪門。

雲姨性情溫和，平易近人。勤快的她，常常幫助操作家務。空閒時用那甜美的聲音，哼哼小調或講些鄉野故事；故此兩位小姐甚至傭人們，都喜歡接近她。

操作雜務的兩位傭人李媽和桂姐，都是張大娘的陪嫁。她倆為對主人表忠心，很會搬弄是非。本來已妒恨這位丈夫的年青嬌妾，慢慢恨意加深，把一切繁重家務都要她做，從此再沒有聽到甜美的歌聲了。

陪伴兩位十二和十三歲小姐的銀杏，發現雲姨常在後院嘔吐，且臉色日漸蒼白。

「雲姨太，妳怎樣了，要告訴大太太嗎？」雲姨輕輕搖頭，但她仍然操勞着分派的工作。婢女心中不忍，偷偷幫助。

日間張大富忙於商務，晚上是回家享受齊人之福。面對丈夫時，她從不訴苦。難怪張大富還在對旁人誇耀治家有道，妻妾相處和睦。

雲姨肚子漸漸顯露，張大富歡喜若狂，陪伴雲姨的時間增加了；也間接減輕她本來的工作量，讓其能在生產前充分休息。男嬰在張大富期待中出生了，是個胖小子。除了心裡懷恨的大娘和兩位陪嫁傭人外，整棟宅第充滿一片歡樂。

彌月時，張大富一擲千金，宴請親朋，大派燒肉紅雞蛋，還燃燒三丈長的鞭炮慶祝。張大娘更對外宣言，這香火根由她親自撫養，絕不假手他人。以後、夫妻倆常常抱着嬰兒，在門前獻寶似的，逗弄才數月的嬰兒玩。

雲姨非常思念兒子，但她的工作被分派在廚房，連見面已成夢想。雲姨終於病倒了，藥石無靈，她已骨瘦如柴，且咳嗽不止。張大娘斷定是患上肺癆症，硬把她搬到後院。由其自生自滅，張大富是有兒萬事足，也懶得管。只有銀杏晚間偷偷去侍奉她，為她送粥送湯。

數月後，雲姨竟然病好了，且照常的工作。對於兒子也不再提及，彷彿是已遺忘。

某天、家人午餐後休息。忽然發現雲姨不見了，嬰兒不見了，家中叫哭罵聲不絕。分派各處找尋，擾攘了數天，仍未有結果。

鄰里街坊又在議論紛紛，都為雲姨能逃出張家而慶幸。銀杏是唯一知道內情者，是她在暗中幫忙抱走嬰兒的。她心裡無限高興，也深信雲姨會把孩子好好養大，且為自己所作的事無悔無愧。

二〇一一年元月於墨爾本

最後的微笑

智朗的海灘，那潔淨的幼沙，和帶海腥味的風，常常把城市的居民吸引，漸漸變成了國內渡假勝地。

海灘盡處，一層灰色意大利設計的複式洋房，被數棵參天老松樹的濃蔭遮蔽。四周靜悄悄，稀有人跡。極像電影中的鬼屋，充滿神秘恐怖，讓人卻步。每當少君迎接秋日晨曦，或追逐春天的夕陽時，漫步至此，大膽的她便會湧起好奇念頭，總想趨前一探，究竟是誰在此隱居。但是觸目僅一片蕭瑟和遍地枯黃，罕聞人語。

那天、炎陽誇張地釋放熱情，少君不禁移步往灰屋，偷偷窺探。卻發現門前排列車隊，彷彿是汽車展覽。屋內語聲彌漫，樹蔭下三三兩兩交談，皆面露哀傷。幾位身穿制服的女服務員，托着銀盤招待賓客。

少君意外發現，其中學同桌好友雅瑩也在園中；他驚喜地不禁高聲呼叫：

「喂！喂！雅瑩，好意外呀，怎麼會是妳。」她失態地忘情大叫。引來周遭投來各種眼光。

雅瑩快步走出園外，少君又急不及待的說：

「是甚麼聚會？氣氛很奇怪，為何妳也在此？」連串的問題等待答案。雅瑩依然是優雅大方，她輕撥被海風吹亂的長髮，細緻五官展示苦澀的微笑說：

「仍是急性格，今晚來我家聊吧。看妳總愛作男兒模樣，真是的。」雅瑩苦笑的面容，使漂亮的五官更耀眼。

夜終於來臨了，少君破例穿碎花裙子，讓應門的雅瑩眼前一亮：

「看看、是標準的美人嘛！就是喜穿男裝，長大了都沒變。」她那雙明朗的眼睛，滿含笑意。

「好了、我自己先報告，工作沒變，老情人沒了。妳呢？何故會在灰屋出現，這房子怪怪的，我還以為是鬼屋呢？」她輕啜飲雅瑩遞送的茶，急欲揭開謎團。

「這是袁家老宅，我姑母是那裡的管家。唉！這真是一個管不了的家，自從太太過世後，老爺脾氣越發古怪了，最可憐的是那幽雅美麗的獨生女。別以為富家女好福氣，她卻連丁點自由都沒有。上下課司機接送，不可外出或打電話。一切日常用品，全由我姑母代購，她喪失選擇權。所謂富家生活，和囚犯差不多。」雅瑩一口氣把胸中的鬱結倒出。忽然、雅瑩默然沉思。

「老爺千算萬算，卻遺漏了日夕與其女接觸的年青司機。更料不到他倆暗中戀愛，且刻骨銘心，一發不可收拾。」兩人同時嘆口氣，愁雲已偷偷展示在雅瑩面上，少君是驚嘆。

「終於、司機被辭退了，小姐也被輟學軟禁在家。其實那司機我也認識，他們像金童玉女般，很相配的呀！只是貧富懸殊，階級觀念害人。」少君反常地安靜等待，乖乖沒開言發問。

「那年青人不只長得俊朗，且非常上進，晚上進修電腦軟件設計。現在失業了，瞞著失婚且體弱多病的母親。但以後那來的生活費？真是可憐。聽我姑母說：他每晚都站立海邊，向小姐的窗戶凝望，唉！小姐就是日夕倚窗，不吃不睡的等待。」忽然室內一片靜寂，

再沒耐心等候的少君，終於打破沉默：

「好小姐、請快說吧，總喜賣關子。」少君粗野地推著雅瑩的膝蓋催促。

「唉！真不想說了，結局是悲慘的。老爺也夠神通，一切都瞞不過他，竟讓木匠把窗戶釘封，連這點心靈慰藉也被剝奪了。聽說一個風雨交加的晚上，那痴情的司機喝得大醉，在狂哭後步進海中，向這無情的世界道別了。」兩人除了輕輕嘆息外，皆眼眶溢滿淚珠。

「本來身體薄弱的富家女，因未能與心愛的人見面，已萌死念頭，日子在不吃不言中流逝，對外面發生一切，也全不知，終於長睡不醒了。今天是出殯的日子，那鐵心腸的老爺竟未見灑淚。」少君已一臉怒色，仿若是受害者的親屬。

「小姐靈堂上的遺照，笑得很甜蜜，那是在戀愛期所拍的相片。」

回程中、少君不覺往海邊走去，今晚星月特別明亮，彷彿是為那對痴心的戀人祝福，因為他倆是真正解脫了。

（注：智朗市離墨爾本以西約八十公里，是維多利亞州第二大城市。）

二〇一〇年十二月於墨爾本

喜結水之緣

居住於西貢河畔的陳肖容，容貌姣美，一雙鳳眼，黑亮猶如點墨。每日上學或放學，都會在河邊徘徊。她在書中常讀到「智者樂水、仁者樂山」，自知非智者仁者，但對山水極為鍾情。尤其圖片中的山明水秀美景，更是無限的嚮往。可惜城市裡無山可供攀登，徒然想山思山而嘆！心裡卻多麼渴望。

那天，肖容放學後沿河旁漫步回家，隨着陣陣帶污濁氣的風，追逐夕陽。向來愛潔淨的她，對此種異味卻能接受，且在不知不覺中轉入三角河床。這裡環境僻靜，沒有房屋，只有棵棵不知名的樹，撐張綠傘，蓄意頂起炎陽。兩座小木橋，遙遙地相對默立著。

橋底一片雜亂的草坪，已被身穿校服，低頭書本的男生佔據了。突然沙沙的步聲，把其目光轉移方向，彼此都被對方吸引了。自此、這片寂靜的三角地帶，不再孤獨，間或連星月也被特別允許赴會。

荳蔻年華的肖容，初嘗愛情的甜蜜，已完全沉醉了。少女情懷，總難讓如夢如幻的戀情隱藏。於是向好同學方怡盡情傾訴，並為其引見自己的情郎。性格爽朗的方怡，竟是一見如故，滔滔不絕地交談。肖容也非常高興，這可證明好友認同她的選擇。

陸宇軒和肖容常在橋底相聚。那晚、中秋的月兒特別圓亮，宇軒濃密眼睫毛下的雙眼，彷彿比月兒更明亮。他啟動豐厚充滿誘惑的唇，輕輕哼唱著情歌：「心上的人兒，有笑的臉龐……她能在深秋，帶給我太陽……」他摟緊肖容，用磁性的音調，柔柔地哼着唱着。倚靠在其懷抱裡的她，已完全迷失沉醉在歌詞中。這一對年青人，在熾烈的戀火中，被相互燒溶為一體。心中除了彼此外，已把世界一切一切都忘掉了。

肖容日漸憔悴，她本來優等的成績，已跌落千丈深谷。父母對她的行為開始監管，和宇軒見面已很艱難。終於、她病倒了。茶飯怕沾，動作懶散，且頻頻嘔吐。臉色日漸蒼白，情緒不安。請求方怡代傳書函，但方怡突然變得很忙很忙，常常爽約，讓肖容更無助了。

偷偷逃學往找宇軒，總是匆匆短談，便以趕著上課為由匆匆而別。肖容告知已珠胎暗結的事，他只頓然沉默沒表示意見。肖容徬徨驚慌，對自己該如何處理，更是一片迷茫。

那晚、雙親外出應酬，肖容把握時機溜走；一口氣走到西貢河的三角地帶，微暗的月色投映在橋底草坪上。忽見遠遠兩個緊緊擁抱的身影，竟是方怡和宇軒。肖容忍著忿怒和悲痛，躲在樹後窺探。

「怡、妳給我太大的喜悅，我倆都喜歡這裡的環境，一彎河水是我的見證，此生只愛妳，畢業後一定娶方怡為妻，若反誓言定會、、」宇軒未完的誓盟，已被方怡熱情的嘴唇封閉了。只有半殘明月，陪伴着這顆被遺棄的破碎心靈，悄悄回家。

肖容不再上學了，也不管父母的責罵，她終日迷茫地在西貢河附近徘徊，對人生已失去目標和方向。

方怡常常提議換約會地點，其實她內心是對肖容愧疚，充滿不安。但宇軒卻說這裡靜寂，適合談情。若恰巧相遇，也正好讓肖容完全死心，於是兩人又在橋下相聚了。

那日黃昏，兩人又約會了。在常常倚坐的橋柱下，以石頭壓了一封信，夕陽餘光映著宇軒的名字。

「宇軒、當你讀這信時，我已不能恨你了。你常說這河水讓我倆結緣，或許將來的將來我倆再結這水之緣吧！知否你曾讓我背叛父母，迷失於你的甜言蜜語，現又狠心親手撕碎了我美麗的夢。我決定成全你，選擇帶着孩子走該走的路，希望別玩弄方怡，給她真正幸福吧……」方怡帶淚的面上，展示着愧色。宇軒一臉不在乎地說：

「真是、彼此妳情我願的，跑到那裡也是一樣……」

陳家被一片愁雲慘霧籠罩着，肖容失踪了。數天後，是方怡和宇軒約會時，肖容竟在河中浮現，把方怡嚇得幾乎昏去。那膨脹的軀體，仿若專為懲罰他倆而顯露……。

二〇一〇年十二月六日於墨爾本

風動舊夢寒

風倏然狂吼，像負傷猛虎，跳躍縱橫碰撞。車房鐵蓋沙沙嘩啦地頻頻高呼求救，楓葉緊緊偎倚枇杷樹，驚慌抖索互相纏拂扶撐壯膽。今夕、夜幕是蓄意漆黑，竟也星稀霧重，明月自顧減退采光，是急欲遮掩躲藏，但仍難逃墨雲的追逐。忽然刮起罕有風速，狠狠把雲朵趕得幾乎墮散。思嬋倚窗檻凝望，臉現惶恐。心裡暗自想，喜宴總會拖延，非過十一時絕不肯散。她注視電視旁的座鐘，又放心地輕輕舒口氣，幸好哥哥和侄兒半句鐘便回來。但心裡焦急，時間過得越慢，此夜更覺漫長。

風依然瘋狂，樹影交錯弄姿。街燈拼力讓昏黃投映，催使幢幢魑魅舞動，更添恐怖感。思嬋本已欠缺柔美的臉型拉得更長，且誇張地蒼白，使那雙魚目更顯晶亮。她匆忙拉攏窗簾，並蓄意把電視音量擴大。嘟起肥厚嘴唇暗暗呢喃唸誦，又頻頻左瞟右盼，悽悽冷冷的寂靜使她倍感驚惶。常常仰視牆壁上，那掛著巨型嘀答嘀答有序擺動的五音鐘；在整棟空寂房子，只有自己的呼吸聲和唱，一同在空氣中幽幽游蕩。

白天車道交通繁忙，今夜彷彿變成死巷，該死的螢光幕專愛配合氣氛，謀殺驚慄尖叫聲，使思嬋汗毛倒立；瑟縮斜凭在皮椅內，緊抱靠枕閉目，默默誦唸佛號。

自幼父母棄世，兄妹倆相依成長，嫂嫂雅倫秀慧大方，姑嫂相處頗投緣。思嬋因雙目圓突，世人判為剋夫相。曾多次戀愛，皆無疾而終，標梅早過，婚嫁便遙遙無期。漸漸思嬋自我醒悟，對婚姻視為畏途，便聲言終身不嫁了。代兄長照料家務，單身生活也很逍遙。她心境開朗無怨無悔，親友皆羨慕雅倫夠福氣，得此好小姑，一切家務都可以逸代勞了。

那天、雅倫特別請假，親自預備明天結婚十週年慶祝派對。姑嫂共同忙碌，買食物和佈置。忽然雅倫感不適，是哮喘病發作，這次來勢滔滔，較往昔嚴重。心慌意亂中，平日置備隨手可取的數瓶噴服劑，竟遍尋不見。雅倫呼吸漸感困苦，無限痛苦叫喚求助：

「思嬋，思嬋……快……快救我……拿藥……」全沒回音，雅倫掙扎移近廚房；詎料木門無端給拉上，隱約傳來思嬋談電話的愉快笑聲。終於雅倫不支昏迷，重重倒在地上……送院後急救，證實返魂乏術，兄妹倆哭得搶天呼地。只可憐六歲未足，失去母愛的李漢滿臉迷茫。思嬋特購紙紮華廈，於「尾七」時含淚焚燒，送給大嫂。旁觀者紛紛稱讚，是現代社會難得一見的姑嫂情呀！

窗外悽悽風嘯，嗚嗚咽咽，斷續未減。思嬋盤起雙腿，合掌呢喃：「嫂嫂，我沒心害妳的，只想讓妳受點痛苦折磨而已，妳怎麼如斯脆弱。誰要妳平日待我如僕人般使喚，請原諒放過我吧！我後悔死了。我真的知錯了……。」

門外傳來隱約腳步聲，思嬋發抖著把頭埋進臂彎。

三錢金的人

邢子楊在街上，心裡惶恐悲苦。五個月來東闖西鑽，卻處處碰壁，才深深領會到人求事之難。要適應新環境，原來並不容易。想起兩名年幼兒女需要撫養，那等待重組的家園；還有太太的靈牌要供奉，難民中心的諸多不便，子楊堅強地收拾破碎心境。他按報章上的廣告，轉向餐館進軍，決心洗碗碟或清潔工也幹。

中文學歷在此派不上用場，說及出生地和背景，立刻有被拒絕。子陽百思莫解，為甚麼人情是如斯冷酷？何故難民會讓人歧視？當失望離去時，背後常常傳來：

「又是三錢金的人，真煩。」

真的、當時離開越南時，我們的全部家財被沒收，按照越共政權的規定，離境時每人限定只准帶三錢黃金。這定律雖然苛刻，但為了自由，大家都無奈的遵從。

未料到歷經千辛萬苦，幸運獲得澳洲政府人道收留。抵達異域他鄉後，一旦遇到同種族的華僑，便高興和雀躍。一心希望能在華人店舖工作，可以免卻破碎英語在溝通下的困難。

誰料被排斥被歧視反是自己同胞，子楊失敗之餘，更滿懷悲愴。

子楊終於在一間洋人的工廠找到工作，解決了生活上的困難。他工作勤快，性格隨和且樂於助人，所以廠裡的同事都很喜歡他。他也常用沒有文法的英語，和同事交談，也得他們糾正其錯誤的發音。逢假期都邀約他，並讓子楊帶同孩子到郊外野餐。他很懂投桃報李，定購買大堆食物與大家分享。

兩個孩子就讀教會學校，得洋朋友代向校方要求，只收取半價。那較破舊的公寓，已分期付款購買了。雖然面積略小，十分整潔，客廳裡放著其太太的遺像。子楊常會默然凝視照片，為無法尋覓屍體而嗟嘆。常想萬水同源，故在太太失踪後，他會在海灘憑弔，點燃心香遙祭。

數年的勤奮工作，節約的生活讓他積蓄了一筆錢。於是、和廠內一位洋朋友合資，開了一間塑膠廠。已完全修改了向同胞埋堆的心態，也不再介意三錢金的身份了。

工廠生意興旺，少利多賺的經營手法，深得合夥伴稱許。大家以誠相待，彼此已像家人般。在工作上各展所長，互相尊重，討論時都能包容相讓。

子楊終於換了新房子，孩子們有自己的書房。他自己仍然守護兒女，未肯另結新歡。每日仍以那二手車代步，常向友人解釋說，世事難料，存錢以待急時之需。

那天下班，他又到城裡買油雞，叉燒等佐飯。店中依然是數年前的老闆。也曾埋怨工作空缺，皆讓我們三錢金的難民搶光，且總愛把面孔拉長。但今非昔比了，他特意從收錢檯前笑臉相迎：

「邢先生下班了，你們越南華僑真勤力又能幹，當初冷清清的小鎮，都被你們開設的各行各業，經營得如此蓬勃，中國食品應有都有，真是方便呀！現在連洋人對我等印象也改觀了。哈、哈！」

子楊微笑地說：「沒辦法了，誰叫我等只有三錢金呢，不努力怎可活下去。說來還該謝謝你們老華僑鞭策和鼓勵，真的謝謝。」

子楊回家途中，心裡輕鬆舒暢極了，今日終於有機會把心中的話說出來了。他決心好好哉育下一代，也努力工作，希望能有力量幫助有需要的人。祈求澳洲的自由、民主政制能穩定發展；他不要再次逃亡，也絕不讓下一代再淪為「三錢金」的人。

誰識寸草心

墨爾本市立中學，是兩排長方型對立復式建築，除了中間鋪上光禿禿石塊小路外，四周樹影婆娑，綠蔭成傘。雖欠缺繽紛花田，但環繞樹叢的，是大片青翠幼嫩如茵草坪。那柔軟的草地上，常常停駐着擁書默讀；或嬉戲談笑的金色年華族群，她他們把校園點飾充溢活潑青春氣息。

長髮披肩，容顏俏美的蒂姬，是天生美人胚子。只惜過於蒼白的膚色，彷彿是欠缺陽光。每次她輕移漫步，臉露微笑走近人群時，同學們便不自覺的靠攏。被公認校花的她，是極受歡迎。每當其芳蹤出現，常讓男同學立即收斂粗魯行徑，甚至呈現靦腆之態。她像顆光芒誘人的明珠，連女同學也喜歡接近她。蒂姬闊綽豪爽，仿若古代的孟嘗君，受惠者日趨廣泛，校友對她更擁戴和稱頌。

蒂姬永不落單，高低班同學都和她成為好友。尤其經常請客或餽贈小禮物，故擁戴隨伴者更多了。她除了奢侈花費外，期考成績是非優則良。性喜助人的她，平日作業也絕不介意任其他同學傳抄。

忽然、數天未見她影踪，被稱為女孟嘗的她竟突然消聲匿跡了，引起同學們揣測和不安。至於蒂姬家庭背境、住址、電話等等是她一向保有最高度秘密，從來絕口不提。據傳說母女倆相依，經濟富裕，但何故仍然就讀公校，令人費解。

同學們為她數天缺課而感不習慣，是生病？或遇意外？都沒法探詢。平日與她形影相隨的數位女生，也彷彿一陣清風般也無故消失。

突然、學校來了一群不速之客，是幾位男女刑警，佔據校務處查問被抽喚的學生們。校內氣氛頓盈緊張，顆顆青春心靈感惶恐和忐忑不安。被查問過的學生，都面容蒼白，目光迷茫。好奇的同學仍難禁引頸張望，或交頭接耳互換消息，都懷著會否被召喚的恐懼。

翌日、中英文報紙首版頭條，一則震撼社會新聞：「某中學女生在校內銷售及接送毒品，每月營業額頗高。警方經多月明查暗訪，追蹤搜證，終使此未成年毒姝落網。最後深入追索，才洞悉蒂姬是由其親生母操縱，十四歲始已負責傳遞毒品。所以就讀公校，使便於交易，其優等的成績，只是為掩飾身份。」讀者不禁連聲咒罵，如斯醜惡親娘；催毀親生女的一生，令人髮指，世上罕見的喪失天良者。

法官宣判蒂姬服刑，由感化院監督教育，蒂姬嚎哭地向法官哀求：

「我願意坐牢，一切是我貪慕虛榮所犯，請別追捕我媽媽，她全不知情呀！」

她那喪心病狂的母親，挾家當與男友潛逃國外，留下這苦命女孩去面對社會唾棄和辱罵。兩位女警陪著滿臉頹喪，滿臉惶恐憔悴蒂姬的照片，在全國中英文報章曝光了。從此前途已茫茫無望，可憐的青春歲月給鐵窗磨蝕了。

學校通告版大字標題，請求同學覺醒別深陷歧途，並要求舉報吸毒者，校方設有反吸毒組織與戒毒中心合作……。

燭淚滴殘年

汪伯在忙著張羅午餐，青江菜乖乖地任他輕輕揉搓，盡開的水喉哇啦啦猶如小水柱，彈起不規則水珠，把老人灰色毛衣前襟弄濕。電鍋內的水，也已泛起無限圈圈；那大大小小漣漪狠狠沸開，層層疊疊煙霧正努力飛升。

滿頭稀疏銀髮的汪伯，從來懶管家務。但今天實在太餓了，只好暫作廚師。他忙碌地把菜整棵連黃帶青放入鍋裡，緩慢地從冰箱裡；取出一包凍硬豬肉碎，用力扯去膠袋倒入滾水中。濺出熱水珠，燙在他那雙猶如被搓揉縐了麻布的手背上，痛得他頻頻呼叫。他回首朝著睡房揚聲招喚：「喂老太婆，該起床了，總愛賴床……」他轉身忙亂拿起乾麵條放進湯內。

兩臥室的獨立式平房，非常安靜。僅汪伯遲緩的膠鞋步履聲，正在無奈地敲擊著寂寞地板，器皿趕緊用不規律響聲，不斷的和應。汪老太身蓋棉被，安詳入睡，並未被老伴頻頻發出擾攘的聲音而驚醒，也許她正沉醉在年青時美麗甜夢中。

少蓉一家三口在歸途中，四天年假使樂不思蜀。雪梨的熱鬧，朋友的熱情，連六歲的兒子也嚷著不肯回家呢。但少蓉記掛患上輕微老人痴呆症的父親，常常會短暫失憶；幸虧母親健康不錯，由她照顧，才不會讓造成太多麻煩。

汪老正吃著燙滾冒煙，猶如漿糊的所謂麵條，邊吃邊頻頻回首催促老伴：「老太婆快來吃呀……」。

初春的太陽特別慵懶，早早便退隱藏到西邊雲層裡，管不了人間光明或暗淡。晚風卻特別勤快，熱情地邀舞葉叢，不停沙啦啦地響。甚至引導歸鳥，相互爭鳴高唱「迎月曲」；小院頃刻頓成舞台，熱鬧無比。月姐躲匿紗帳後悄悄眺望，和太陽不斷爭議，堅持準時換班，否則任大地陷入昏暗。

汪伯在摸索找蠟燭，他總記不準電燈按鈕的位置，又不敢亂移妄動。幾經艱難終於把飯桌上常備有的蠟燭點燃了。以為憑藉一支蠟燭，已足可把房子照亮。他呆呆地靜坐，彷彿在努力追溯某年某事，也像在點數串串滑落燭淚。夜深沉了、其思潮已漸漸陷入迷迷糊糊。他終於難奈疲乏，倒臥長沙發上，一會兒、便呼嚕呼嚕地鼾聲不輟。

少蓉下飛機先回家收拾行李，洗澡後便打電話給雙親，但鈴聲響徹耳際，很久仍未能接通。她丈夫說：「老人家該早休息了，明天再去探望吧！」

汪伯總是半夜醒來，這時的他腦袋特別清晰。進睡房搖晃老伴，完全沒反應；他急忙探視氣息，又握拿那已冷凍的手，終於若受傷又像受驚嚇的孩童般，放聲號啕大哭。

那悲慘聲浪，把鄰居驚醒了，大家都知道屋主是一對老年夫妻；膝下育有位美麗能幹的女兒，婚後常來探望雙親，對鄰里也頗親和。於是左鄰右舍叩門相詢，查看究竟。並立即代通知他女兒，招喚救護車，又忙著安撫老人。本來冷靜的家，頓時熱鬧起來。

少蓉悲慟地哭泣著，號啕抱怨著不該放下父母去旅遊，若能及早搶救、母親心臟病發作、也許會沒事。

晨光初露，汪伯獨個兒在空空的走道上來回踟躕、經過臥室又在呢喃：

「還睡不夠嗎？」……

憑誰保平安

立言支額沉思，桌上多份英文報紙，頭條刊登印尼消息；他非常關注，頭頂數十針的傷口，仍感刺痛。身軀縱橫交疊紫色條痕，是明顯遭鞭打留下的痕跡。常常縈繞腦際，總是那天死裡逃生一幕，想及仍然會顫抖冒汗；難道真是禍福早注定？就職印尼僅僅半年，幾乎連命也送掉……

擁有多張專業文憑的他，且兼具美國六州律師執照。其天賦才幹，已成為世界各大企業機構爭聘的對象；馳騁國際商界的他，是傳媒爭訪的風雲人物，盡管各國正鬧經濟不景氣，他仍能穩持高位豐酬。

富挑戰性和優厚福利的誘惑，經太太的極力縱容，他毅然承諾出任印尼某大企業的總裁。親友聞說紛紛勸阻，均道有排華記錄和傾向的國土，若人廁身於此國土是缺乏保障，以其才幹更不該涉身犯險。惜立言忘記了至理名言「君子不立危牆下」，終於毅然攜眷到印尼上任了。

那天、妻子堅持阻止他返公司開會，立言卻認為職責所在，何況那肌肉健碩，是土生土長的司機，自己推薦能兼任立言的保鑣。若彼此能妥善溝通，危險率是可減低。又婉轉安慰妻子，已購妥週末機票，請假回美國，公司事務以後暫由電腦運作。

會議後匆匆回家，沿途暴民失控，放火殺人搶掠。立言驚怕地綣伏車廂內，耳中傳來華人哀求聲；婦女被強姦的悽慘叫聲，偷眼車窗外，華埠一片淒涼景象。

立言縮蜷在轎車後座，任司機東竄西躲奔馳，都以為走僻靜小巷較安全。忽然一班凶狠的印尼青年出現，把黑色「奔馳」轎車圍繞；印尼司機嘰哩咕嚕數句後，便雙手按頭快步飛奔，留下主人獨自受難。

野蠻族發現美國護照，拳腳刀鞭更密更重，立言已滿臉披血。頭破血流如注，把俊朗英氣臉容遮掩；筆挺西裝，也被撕得破爛。遠遠眺望的軍人，也不敢趨前施救；立言漸陷昏迷，他忽然歇力以英語高呼：

「我是新加坡人，我是新加坡人呀……」指着皮包內的另一證件。此時、公司方面聞訊後，急忙要求軍方幫助，把已陷入昏迷的立言送醫院搶救。

美國第一批撤僑，立言獲優先，其妻未及收拾行囊，只求輕便簡單。機場裡擠擁的亞裔人，皆面現焦慮和惶恐。甚至有數代植根於此者，連母語幾乎也遺忘，彼此交談仍以印尼話為主。立言感受到他們的悲戚，對妻子說：「可憐的華僑，他們的奮鬥、節儉、忍辱、耐勞及苦心經營的一切，轉瞬變成泡影了。唉！」傷感地嘆息說：「保存性命夠僥倖了……」

其妻斯琦默默倚在輪椅傍，一同注視螢光幕、正報導印尼仍然緊張的局勢。美國夏日正溫暖著兩顆驚悸尚待平復的心。斯琦柔聲地說：「立！對不起！當初是我一意孤行要你就新職，又執意把五十萬美金轉移，唉！這教訓太貴太貴了，差點連你的命也賠上呀！真真對不起……」立言輕輕握緊其妻的手，給于諒解和安慰。

愛動物之家

石山和太太很喜愛小動物，家中飼養了一頭身軀頗粗壯的牧羊犬，改名露露。一隻西施小犬，改名偉偉。小犬特獲主人寵愛，早晚用金色頸圈套著，夫婦牽制皮帶，慢條斯理地散步，通穿大街小徑。串越車道時，女主人定會蹲下身軀，輕柔地撫摸西施黃色的毛說：「乖、要等呀」。彷彿是慈祥的母親，在呵護自己的孩子般。朋友常戲說，兩隻狗的名字，該來個對換。

天空殘月依然留戀徘徊，長街沉醉未醒，是午夜時份。寂靜的四周，竟是難得的風止鳥寂，樹葉也默然無聲。忽然間一陣瘋狂犬吠聲，偉偉和露露竟敢唱起雙黃，一聲高過一聲。石山轉變睡姿，把被子掩蓋著頭，再度追夢去也。

是隔壁小花貓咪咪思春之音，把小西施和老牧羊狗激怒了，吠聲吠影似越吠越興奮，越凶猛聲浪越來越高了。

終於、石太太也被吵醒了，迷迷糊糊地推著石山說：

「去看看呀！為什麼這樣吵？」石山怒氣沖沖的推被下床，衝出後院大聲呼叫：

「shut up、shut up……死狗要死了，再吵打死你們，明天把你們賣掉。」拖著剩餘的怒氣，轉身回睡房。剛剛重陷夢鄉，吠叫聲又連綿而起了，較之前更起勁了。

石太太正在洗刷球鞋，口中呢喃說：

「總是不小心，早說後院滿佈地雷，容易中招；這一大堆狗屎，怎會看不到嘛，是看我太空閒嗎？專替我找工作，真煩死了。」

「別嚕嚕叨叨，我遲早會把他們弄走。」石山狠狠地踢向小西施，本來搖尾乞憐的老狗，醒悟地急忙縮著尾巴，驚恐膽怯鑽進木屋避難了。可憐小西施，走避不及，因而痛得尖聲慘叫。

當夕陽餘暉斜照大地時，石山夫婦又拉著小西施散步。沿途展示微笑和芳鄰打招呼，人們也禮貌地不住稱讚小犬可愛。甚至蹲下來撫摸，稱讚其柔軟的黃金毛色。

那週末，石山在急促叩打芳鄰的門，滿頭大汗訴說小犬失蹤了。半天遍尋不見，是在公園玩耍時走失的，他太太因傷心不已，而吃喝無心呢。

他也去警察局備案，希望有好心人士把它送回來，他願意以謝金二百元相送。

後院老牧羊狗趴在草坪上，滿懷苦惱不安。失去小犬陪伴，是那樣寂寞，往後的日子想想太可怕了。老狗雙眼彷彿被眼淚沾滿了，讓人感覺其是非常無奈和悲傷。

石太太坐立不安，語帶感傷地對石山說：

「那天我們故意弄丟小犬時，你那愛護動物協會的同事老張，好像也在公園另一邊開燒烤派對。實在擔憂被其發現呢，別陰溝裡翻船，因此影響你下月晉升主管的機會……」

石山也開始擔憂了，口中喃喃唸著：

「真倒楣，已選擇去較偏僻處了。沒想到世事竟會這麼巧……」

冬冷碎童心

淒冷冬夜，寒風颯颯，被強撼樹影無奈地參差，彷彿像蠢蠢欲動幢幢魑魅；逼逗得墨爾本的夜空更凍寒，讓星月漸減退皓亮。這棟廉價公寓住客皆沉睡，故院外人跡已絕。數叢亂草乏力搖擺，寥寥花樹是枯乾凋殘相，只昏黃街燈把溫柔高掛懸繫桿上。

牆沿隱約蹲著瘦小和不住抖擻的身軀，彷彿是大千世界中遺忘的一顆沙粒，又像是來自塵世外的沒主遊魂。

金華剛滿六歲，成熟地學懂忍耐與遵從。每次被趕出門，那位衣飾時尚的母親，總是張著勾劃俏俊的紅唇說：

「都怪你爸沒出息，牛馬般工資讓我們吃了不少苦頭。別怪媽媽，要怨你爸，是他作的孽，他害了你……」

刺骨冬風使金華發抖，他靠攏雙腿，將頭伸進手臂彎，幼稚心靈漸漸興起驚恐和怨意。心裡恨極：

「都是那大個子洋叔叔不好，每次到訪皆害我被逐出門外，這可惡的鬼佬。」而讓他在黑夜中餐風沐雨，站在黑暗中受罪。難禁口中喃喃罵哭着。

略具姿色的林珍，不願過貧窮日子。以為移民國外，是遍地黃金，富貴就隨手可得。享受錦衣美食，並不是奢望。於是縱容丈夫東借西貸，由其堂叔申請以聘廚師為藉口；終得償所望，踏上異鄉，留居墨爾本這塊桃源福地。

半年安定簡樸生活，使林珍明白月亮依然是那輪月亮。貧富永遠是有限界，清楚領會根本沒傳說的隨處可見金山銀山。

金剛本性純樸，故甘願刻苦耐勞，安份地在餐館工作，自身克儉克勤。微薄薪酬除開支外，還要償還國內欠債。因太太好逸惡勞，家計便要獨力支撐。日夕吵吵鬧鬧的生活，令唯一的兒子金華，失掉童年該有的純真和快樂時光。在一次夫妻狠狠罵戰後，林珍毅然與丈夫分手，帶著兒子追求繁華富貴。

租賃一簡陋臥房，林珍常常悉心裝扮；兒子上學後，便是她狩獵的好機會。某次邂逅一中年洋人，彼此親熱交往。此君闊綽，已承諾另覓藏嬌金屋，林珍甘願淪為該洋人的外室。物質貪慾和虛榮心已完全淹沒了恥辱感。以為暫時讓金華吃苦，將來幸福足夠補償。她完全沒為自已的淪落，感到絲毫羞恥和內疚。

金華越冷心越苦，眼眶淚水湧出，沿面額流瀉，像冰刀般刺割著他幼嫩的皮膚。那種冷冷凍凍的痛楚感受，讓他想念父親，腦際頓浮現尋父念頭。仰視閃爍漸現光亮的星月，他堅強地辨別方向，將孤獨身影隱沒長巷。

蓬首垢面，飢寒交迫的流浪孩子，被善心者送到警局，他父母皆被傳訊。披著毛衣的可憐孩子金華，無視林珍伸出的擁抱，一頭衝進金剛懷裡，悽苦地放聲痛哭：

「爸爸，我……我要跟你在一起，我要跟你，我不要在黑夜中等。」

金剛自負不輕彈的男兒淚已失控縱橫滑瀉……。

問誰領風騷

近期股市大幅度波動，股民甚為緊張，富商姚坤的部份親友，也日夕徬徨。耳聞目睹，市面蕭條，百業百行皆受到影響。突然的驟升又忽降，連經驗豐富股評專家，也不敢評論，因沒法了解而感到迷惘。

兩週前、盧梭街上數部名牌汽車，正浩浩蕩蕩衝接飛馳，朝着市中心的展覽大樓進發。銀色歐洲名牌寶馬轎車車廂後座，姚坤柔聲對太太說：

「等下妳先參觀古玉器，喜歡便買，唔！就當是情人節禮物好嗎？」姚太太微笑地把頭倚在丈夫肩上。

這次會展場搞新意，古今並列。別具心思的各主辦單位，務求盡網羅新舊思想顧客。有超時代科技設計模型，供愛好者定購。另開闢貴賓室，專為名媛紳士們提供，可欣賞各類無價古董。附設拍賣部競投系列，玻璃櫥窗展出的上古神器玉玩，讓富商不停地讚嘆！

姚坤挽著太太各處參觀，他架著金絲眼鏡的面容，昔年俊逸五官未減。那仍健碩直挺挺身軀，誰能知悉其已超越知天命之年。四十在望的姚太太，衣飾合潮流；一套淡綠及膝西裙，薄施脂粉。卓越時代的化裝術，使容貌倍加剔透，白裡微泛紅光。雖然嘴邊仍是淺淺溫柔笑意，但仍蓋不住本性嬌蠻。

主辦單位竭誠招待，並向來賓介紹這位商界大亨，也是著名慈善家。社會上舉行各項慈善籌款，他必先拔頭籌。常常慷慨捐出巨款，是當仁不讓。人們皆認為其能名成利就，是善有善報，可謂蒼天有眼。

開幕儀式由夫婦倆剪彩，記者爭相謀殺菲林。鎂光燈和來賓羨慕的眼神在比賽着，尤如夜空掛着的顆顆寒星，隨著掌聲不停的閃爍。

姚坤彷彿對新科技興趣濃厚，靜聽其私人助理講述介紹，然後急步轉逛拍賣室。姚太太對一件古玉器非常欣賞，把眼光凝注玻璃窗。姚坤對古董知識頗廣，據傳說，昔年是靠偷運古玩而致富的。他正滔滔不絕地發表，故意把聲波提高：「古玉有五德，君子無故，玉不去身，君子溫柔如玉。一般人認為玉能辟邪去疾病……。」數位尋寶客均紛紛靠近，靜聽姚坤的高論。

姚坤得意萬分，轉向其太太說：「這條古玉鍊雕磨精巧，細緻非凡，送妳作為此次市展紀念品好嗎？」輕快地扶妻子落座前排寬闊的皮沙發椅中。

拍賣員以高昂聲音展開競投，每樣古董競價激烈。姚太首先獲勝，投得明代染彩宿禽圖大皿，那洗鍊絕美栩栩若動鳥禽；正悠閒品嚐枇杷景象，引人讚嘆！

終於，眾目凝盼的古玉鍊登場，拍賣員語調更為誇張，介紹其來歷和朝代。不但工藝技術精巧，玉質晶瑩，顆顆玉叟都有精巧龍鳳塑紋。競投掀起高潮，忽然富商秦瑋出現，突以雙倍價格投得，數額遠超越本來的價值。

姚坤默坐書房，還為昨天秦瑋的風頭生氣，對靜立面前的隨員吩咐：

「今後要全力打擊秦瑋集團，不惜任何代價，我要弄垮他的股場。」姚太太佛口婆心地柔聲勸阻，勸丈夫千萬別因意氣而害苦了小股民。

霎時、姚太嘴邊偷偷掛上一抹得意微笑。每逢酒會秦瑋年輕太太，都以大學生的身份全場買弄。常以極盡華貴裝飾，配上青春美麗和大方，把姚太太自以為無雙高雅風姿掩蓋了。無論怎樣費心思，總難奪回賓客凝注秦太太的目光。她為此無限煩惱，認為自己不應常處輸家之位，心中暗喜想：

「哼！哼！這次若能拖垮其集團，看看破產後的妳還能這樣囂張？……」姚太太美妙唇線更深深地扯牽著，展露着。

放逐天涯客

那畢生難忘的一九七八年九月某個晚上，經歷怒海拋擲七級風浪，死裏餘生的苦難人；終獲允許棄船泊岸，各難民歡呼互擁，甚至跪拜哭泣。那幅刻骨銘心景象，永遠駐停腦裡烙在老程心坎。

回溯那整月日夕在海天相接，茫茫汪洋中的期盼至絕望。任波濤戲耍的無奈和徬徨，雖然終於能在荒蕪小島暫棲；沒糧缺水種種悲苦情況，真是寸管難描，千竹也書不完。能棄船登岸，皆有死後重生的喜悅，身疲力歇涉水渡潮的艱苦，一群可憐者紛紛倒臥沙上的疲累，真讓人不敢回首。

但老程心境舒暢，因能使參加苛政的助紂為虐女兒隨雙親逃亡，免她泥足深陷常常暗中協助越共，進行謀殺華藉民主人士的勾當。現可放下心底對不起同胞的愁煩，對生死已無懼無憾了。開始了天天望海佇望經過的船隻或帆影，艱度淒涼日子而漸趨絕境的人，都變得沉默，常於深宵同對星月嗟嘆。也僅有他老程是抱平常之心，不怨也不嘆。

孤島處處草乾樹萎，太陽似火箱般燒烤。炎熱迫人的殘酷海風，仍然作態；陪伴一千多難民嗚嗚低哭，難民們要堅強忍受十多天的折磨。幸好被一艘印尼潮州人漁船偶然發現，贈送整船鮮魚解饑，總算暫時解決燃眉之急。日夕男士成群結隊圍繞收音機，聆聽聯合國是否有挽救他們的消息？

終於雲開見月了，聯合國救了船民，老程和妻女選擇理想國定居。從零開始的生活，對難民們並未感辛苦，只要肯付出勞力，溫飽絕對沒問題。

程倩兒也一改對父親的怨恨，乖巧出外當成衣廠縫紉工，供養體弱多病的雙親。老程看着已過中年的獨生女，很怕兩老的沉重倚靠，使女兒沒閒而誤了婚姻佳期，將來兩老辭世，女兒便無伴侶憑依。

倩兒五官端正，皮膚嫩白，笑時常會顯露那整齊如貝殼的牙齒，把實際年齡掩蓋了。追求者眾的倩兒，卻暗中和廠方一洋管工交往甚密，此君竟是位有妻室之人。一個週末，她外出約會後，便從此如煙般無影跡。因女兒的消聲匿跡，老程妻子因傷心致病情轉惡化而逝世。

澳洲的良好福利，讓生有所養，死有所安葬。失親後的老程，再不是開朗健談的長者了。那頭凌亂的班白髮絲，常常散發汗臭。他每日東尋西訪，對女兒的突然失蹤從不認同，總相信倩兒仍然生存，定會回來相聚的。

掀閱舊照片，重睹那段生命轉捩點，竟寧願重回逃亡辛酸日子，印尼荒島成了他懷念的幸福時光。老照片中在樹蔭下一家三口，臉龐中是一抹滿足的笑，是只有他和老伴才可領會，把女兒強迫逃亡的那股勝利和安慰感。若真可以重新選擇，他願意讓倩兒留在淪陷區，能繼續活在世上。

自從倩兒的尸體在鄉下的樹林深處被發現後，證明是一宗先姦後殺案，那洋男友也被捉拿歸案了。老程人更迷糊，已漸漸呈痴呆狀，有時略為清醒他會喃喃自語說：

「是真的報應呀！是妳曾經謀殺的鬼魂找妳償命吧！」

從此，一位蓬頭垢面，步履蹣跚的老人，總愛徘徊在看到遙遠島嶼的海濱，讓孤獨的身影把夕陽壓落。一群群的歸鳥，從他頭頂飛過，他總是仰頭高舉雙手揮舞，彷彿這正是他等待的歸客……。

情陷甲骨文

這棟座落於安陽殷墟的博物館，平常遊人稀少，是讓享譽世界的名山古蹟淹蓋了。就算遠赴河南觀光者，也是鎖定目標走訪少寺、洛水、黃河等地。可惜這家唯一專業展示國寶級博物館，是商朝的王陵遺址。館內收藏無數的商代王朝文物。內有大邑商展廳，青銅器、玉器廳；甲骨文廳、其中六百多件文物，具有較高水平的觀賞和研究價值，尤其是連我們大多數同胞；都看不懂，猜不透的甲骨文。

晨曦微露、那宿醉未醒的小城，忽然響起陣陣刺耳的警車鈴聲。讓甜夢中被驚起的市民，在紛紛忖測和猜想，究意發生了甚麼事？

車子停在大片停車坪的殷墟博物館前，立刻湧出五六位軍警，急速步進。幾位護衛員正緊張地等候，且邊走邊講述案情。

一位資深的中年保護員李旺爭先高聲述說：

「真的，我半夜出去小解，在迷濛的月色中，看到甲骨文的長廊，有閃爍的光在移動。」他不敢直言本來以為是昨宵過量烈酒效應。

「再多番凝睇細看，卻彷彿有高大的影子在動。驚慌中把其餘的護衛員叫醒，但四周一片靜寂，連鬼魅也沒蹤影。為了國寶的安全，和免失職被懲罰，經商議後，終於通知軍警部門了。」他態度恭敬，手口並用地說着。

一隊人持槍尋找，沿各展覽室檢查，也沒絲毫破損。都異口同聲的認為是李旺眼花，是風動疑是鬼哭之故。當慢慢行近「婦好」的墓址時，裡面隱隱有沙沙之聲。於是大家嚴陣以待，展開搜捕。

婦好是商王武丁的配偶，是我國第一位內可治國，外可征戰的女將軍。於一九七六年發掘的陵墓，陪葬品有一千九百二十八件都非常精美，轟動國內外。

那用木欄圍繞保護的重點區，仍間歇有微聲，是發自深陷地下的墓穴內。在電筒照耀下，一位西洋漢的五官頓現。他被拉出時，滿身灰土卻臉容興奮，棕藍色的雙瞳，閃爍喜悅。高壯的軀體，在凶巴巴的軍警槍口下，傲然地鶴立雞群。

「媽的，那來這他媽的洋鬼子，誰懂鬼話呀！」帶隊的年青軍官，粗聲粗氣的對著其他軍人說。

「不用了，我聽得懂，我叫西門，中文名字是飛鴻，你們請說。」操一口純正華語的洋人，反客為主，先向他們發問。

原來此洋君酷愛研究中華歷史，對古代出土文物，有股強烈的迷醉。大學畢業後便遠赴北京留學，專門研究我國古文學。他在中國五年，以教授英語為活。旅費籌足了，他又遍訪各名城古蹟，如西安、南京、敦煌等等。

「一位華藉教授轉告，河南殷墟發掘了一批很豐富、很有價值的陪葬品，我便立刻飛來。其實我已躲在這裡兩天了，看！我帶的餅都快吃完，已準備明天暫回北京，先研究手上的部份資料。」他那斯文婉轉的解釋，面上沒有惶恐，且展露一抹淡淡的笑意。

「若不是我連夜拍攝長廊的甲骨文，一定沒事的，真是對不起。請問現在我可以離開了嗎？」他蹲在石板塊上，把扔了滿地的雜物收進背囊。

「哼！你未經過申請而私闖我國博物館，說走就走，有這樣便宜？」軍長面如寒霜，轉頭對下屬說：

「帶回去先囚他數天，讓他也研究研究中國的監獄，再呈上報告。」

「哎！我對甲骨文真的很想研究，古代人的聰明讓我佩服，將來的結果如何，我一定詳細向你們國家報告的，下次再來肯定先向你們申請的。」西門還理直氣壯的和他們交涉，但仍被強蠻地推上軍車內。

殷墟博物館又回復寂靜，炎陽照耀下沿長廊的甲骨文；黑墨色彩特別的明晰，彷彿在深深地抱怨世人的無知。朝夕忍受風吹日曬甲骨，訪客已是寥寥無幾了，難得有洋人知己欣賞研究和喜愛，偏招惹牢獄之災，唉！唉！耳際隱隱約約是它們的聲聲嘆息和抱怨。

情陷不歸路

禮堂裡一對新人，是親友羨慕的金童玉女。新郎譚志城是某大跨國公司的經理，是澳洲著名學府墨爾本大學的商科碩士。美麗的新娘子白小芳卻僅高中畢業，是一家大酒店的服務組長。兩人歷一年交往，經不少的波折和努力，才能使男方母親同意接納這位有貌無才的兒媳。

志城是彬彬君子，那張略嫌瘦削的臉，顯露着書生的爾雅溫文。夫妻相處兩年仍然甜蜜如新婚，他倆計劃三年後才進行造人。志城母親早年喪夫，含辛茹苦把志城教養至成家立業。終日盼望抱孫，為譚家延續香火。難免多番摧促，婆媳間已漸生不滿；讓志城非常煩惱，做三明治的滋味，使其內心也難受不安……

那天，長睡不醒的志城，讓全家陷進天愁地慘。醫生搶救無效，據說是服用過多的安眠藥至死。他本來年青有為的生命，像斷線風箏，飄飛於雲際而消失無蹤。親友們紛紛議論，以志城的樂觀脾氣，是絕不可能自尋短見？都在暗中忖測。其母因獨子無故離她而去，幾番哭至昏迷。小芳雙瞳紅腫，跪在靈前不肯離去，且茶飯不進，僅日夕悲聲飲泣。

志城求死之因未明，雖然警方證實是自殺，親友們仍是抱滿懷疑問。小芳母親也不例外，曾暗中追問，是否另有隱情？惜小芳只回以彷似堤崩的一臉淚珠。她的同事好友們，對年紀輕輕的小芳以後守寡日子，都寄予無限同情和憐惜。

靈堂裡悲悲切切斷斷續續的哭聲日夜飄盪，小芳兩天未睡，跪對志城的遺照灑淚。靈前白蠟燭在不停閃爍，正偷偷垂滴淒淒楚楚同情燭淚。志城遺像彷彿展呈一股哀怨和譴責，唇邊笑意竟是用苦澀堆砌。小芳默然凝視，忽感處處冷風繚繞，那透骨的陰寒讓她難禁全身抖擻。這數月前所發生的事，歷歷在目，她深深明白是悔之已晚了。

小芳任職的酒店緊鄰，是一個大賭場；她常於小休時間，和同事到賭場消遣。多次贏到彩金，竟成了一個陷井，把她漸漸推向賭徒的方向。總認為自己收入微薄學歷低，定會成為幸福婚姻的拌腳石，何不做生財有道的精明主婦。又想如斯輕易變成富婆，這是致富最快捷途徑，可讓其在輕視她的男家親友中吐氣揚眉。因此、她沉迷了，越賭越狂，越陷越深，不知不覺已難自拔。

人是很難有永久的好運，小芳也不例外；她開始借高利債，意欲翻本，至未能自制。為了博取借得更多錢，在保證欄裡，寫下丈夫的名字，就業職守和地址。於是，公司常常收到追討信件和恐嚇電話，其上司也曾把他招來詢問；同事們會給予奇怪眼光，甚至派惡漢在門前等待志城下班。他不敢告知母親，自己也沒錢清付巨額款項，經不起日夕包圍他的是無法解決的煩惱，終於選擇這條不歸路。想着這一切一切將會隨自己死去而了結，讓他深深愛着的太太能免除苦難。

小芳面容憔碎，雙目紅腫，眼淚若缺堤的洪水，不停的流淌。她撫摸遺照，在追憶和志城生活的點滴，內心像被刀剖般裂痛。隱約中好像志城在責罵她，羞愧的她未敢抬頭，悲切地喃喃低訴：

「志城！我該死，該死的是我呀。你為何不肯休了我，一切便與你無關了。我犯錯應讓我自食其果，是活該，是咎由自取，讓債主處置算了，又何苦把債務承擔呢？志城，是我賭性難改是我害死你，我對不起你，對不起你。情願不做你妻子，我情願為奴為僕，甚至墮落淪為娼妓。我不要你走這條不歸路，你知道嗎？知道嗎？你媽媽怎辦，我寧願死的是我，死的該是我呀！」

小芳縱聲痛哭，靈臺上的淒淒燭光，正耀亮了那滿臉怒氣和忿恨，搖搖欲倒，倚在門旁志城母親那瘦削無依的身影。

二〇一一年十二月於墨爾本

又見故人來

妙芝凝注電視螢光幕的悲慘鏡頭，忍不住眼眶盈淚。昆省的水正不斷上漲，等待救援的車和人，彷彿是一件件玩具，被洶湧洪水來回飄浮後；舜間又被捲走，隨即沉沒。凝視畫面，讓其內心被緊緊揪痛。

曾經怒海餘生，對大海或河溪總存有恐懼。雖已得到人道收容，早已重建家園，把民主自由的桃源福地的澳洲，早視為第二祖國，是「日久他鄉是故鄉」了。本着回饋國家，人溺己溺精神；她決定參與某慈善機構所組織的援助隊伍，親往災區服務。

救援物品種類頗多，都是以各處集給的捐款所採購。因災區並非華族選居之地域，故華裔同胞幸運逃過一劫。妙芝以無限愛心，忙碌的分發物品，並為有小孩的家庭挑揀較為合身的兒童衣服。

忽然，一位臉容憔悴，額頭包紮著紗布的男士；推開正在排隊等待領救濟品的人群，口中高呼：

「妙芝，妙芝妳去了那裡？妳知道嗎？這些日子我找妳找得很苦呀！」

五十出頭的年齡，面上充滿像孩童般喜悅，把人群中的罵聲和抱怨全部置於腦後。妙芝卻是展示非常非常的驚愕，仿若忽然出現眼前是猛虎或怪物。但那男士伸手緊緊捉着她的手腕，像走失的小孩恐怕又再迷途，口中仍在嚷叫。

隊伍又一次騷動，一位短髮的洋婦擠至男士身傍柔聲說：

「大衛，達令，你別亂跑，我們回家吧！這位太太、真是對不起！他被救活後已失去部份記憶，連我是他太太也完全忘記了。」那女人強把他往外拉，大衛卻死活不肯跟那洋婦走，離去時還頻頻回首呼喚妙芝。周圍的人都未識妙芝的中文名字，不禁議論紛紛，皆說定是腦袋給淹壞了，怎會叫蘇珊為妙芝。

妙芝心境澎湃，正如災區裡的滔滔洪水，在不斷高漲。既驚且喜的她，已不知所措地呆望漸走漸遠大衛的身影，像觸魔般呆立着。

「妙！他不是多年前調職雪梨的陳大衛？當年他狠狠地把曾經共患難的妻子拋棄，另結新歡，現在又想回來找妳？真是……」和妙芝一同來當義工的好友崔妍，不知何時已挨近她身旁，細聲地發問。

「別問了，我有點不舒服，先去休息，請代我完成發配這批物件好嗎？謝謝。」妙芝沒等崔妍答應，便匆匆離開。

躺在床上，妙芝難免內心隱隱作痛，往事一幕幕湧現，清晰宛如昨日。

猶憶二十多年前，為逃避越共而雙雙拿生命當賭注，和兇猛的怒海挑戰。經千辛萬苦，夫妻相互安慰，彼此鼓勵。生活雖然非常艱難，是感受到無限溫暖和甜蜜。重置家園於墨爾本後，她努力在工廠做苦工，且頻頻加班；省吃儉樸過日子，讓大衛供讀工專至畢業。

聰明的他找到好職業，因其勤奮，很快獲公司賞識，步步高昇，已位列經理級。擠身於行政階層，夫妻倆是歡喜且安慰。為了爭取更高的職位，夫妻商量後；決定接受公司的安排，調職到雪梨分公司任高級經理。每週回墨爾本渡周末，夫妻恩愛如昔。久而久之，大衛回來的次數越來越少，工作忙是最好藉口。妙芝非常體諒，間中也會自己親往雪梨，免去大衛奔波勞累。

漸漸電話越來越少，且半年多未通音訊，公司方面告知，已辭職他往，不知其去向。未幾接獲某律師事務所寄出信函，是大衛委托律師發的離婚證書。妙芝萬二分悲痛，來澳洲後含辛茹苦，得如斯結果。更可恨的連那女人是誰，竟一無所知。常以為夫妻貴誠信，相知相敬便能永恆不變，她在後悔抱怨自己對丈夫的過份放縱，可惜已沒法挽救，一切一切都太遲太遲了。

翌晨、妙芝依舊往執行義務。又是陣陣騷動夾集聲聲呼喚：

「請讓開，請讓開，我要過去見老婆。請借道……」妙芝雙瞳蘊淚，故人重見認是難、要不認卻更難。

據醫院記錄，大衛被洪水衝至岩石而撞傷後腦，已失去部份記憶。他現在牢牢思念的，潛意識緊緊牽掛的，僅有曾和他同甘共苦，經歷重重災劫，從越南一同逃難的結髮妻子妙芝了。

二〇一一年十二月於墨爾本

何日燕重歸

在中國最南的版圖上，那被叢叢峻山、曲折河道環抱着的盤谷地，疏疏散列着用粗造泥巴；稻草混合蓋成的數十間茅房，家家戶戶都靠務農為生。因此處土壤肥沃，所種稻米和各類蔬果，皆甚繁盛，秋收頗豐富。村內婦女，養蠶織布。一切生活所需，居民能自供自給，故和外界幾乎沒接觸。

那年，正是桃花盛開時節，全村仍浸染在新年的歡樂中。忽然，村口人聲嘈雜：

「我以為船朝樹蔭稠密處是堤岸，不想竟誤入這遍植桃花的鄉村呢！」一位身穿旅行短褲，短袖恤衫棕色皮膚年青伙子，不好意思地說。

「呀！真是好風景，幸而我等忘情於青山綠水，流連忘返，才誤打誤撞錯有錯着。」一位年紀較長的青壯漢，正脫下運動鞋，倒出沙粒；臉上展露喜色，忙着東張西望。

村民都跑出來了，老老少少均感無限驚訝？圍繞着這群年輕陌生客發問，終於弄明白是來自城市的遊客；是因風轉了方向，把他們吹來。村婦對女孩子那頭鬈髮非常好奇，村民的古樸衣著，同樣引起這群現代年輕男女的興趣。村民難得有外客，便殷殷挽留住宿，並帶領這群年青人村內外觀看。各家拿出山雞疏菜野果待客，小孩忙碌拾取乾枝，作晚上陪客剔火夜談之用。

晚風輕輕吹盪，傳送有節奏的濤語，飄浮空氣中的淡淡花香，把夜色添香。樸素的居民對山之外，河的彼岸都存有無限好奇。這群陌生者也不厭其煩，像投桃報李般津津樂道，把外面的世界種種，詳細描述。這群與世隔絕的村民，彷彿頓開矛塞，對山外一切充滿好奇和羨慕。

客人走後一段時日，村民在閒息時仍將聽來事物，談論不休。戶戶男丁都暗蘊往外試闖之意，並且相互計劃同行。村婦也頗深明大義，認為男人志在四方，若要其終老家園，會讓家中男人此生遺憾。故強忍淚水，為丈夫或兒子整理行囊。在千叮萬囑早日賦歸聲浪中，他們已成群攀山越嶺，探訪那五光十色的大千世界了。

日復一日，多少個冬去春來，幾許花開花落，遠遊的男人是音訊渺茫。偶然有陌生者到訪，便相互拜託尋訪，也是如石沉大海般。時光易逝，村中小孩皆長大了。本可子代母職，到田裡操作，減輕其母的勞累；但他們卻肩負更重大的任務，要把出外謀生的父親找回來，還母親已失落很久的歡笑。家家戶戶的婦女，灑淚送更殘，對月嗟嘆的情景，讓他們心痛和不安。

歲月如梭似箭，那曾經光亮滑溜溜的青絲，已成灰啞枯乾。被懶於梳理像亂草堆的疏稀頭髮，漸刻意把鏡奩遺忘，忍讓塵埃封鎖其光。年年雁去雁回，竟沒片言隻字。丈夫遠去了，兒子沒影了，朝朝暮暮，僅餘孤寂和祈盼。

這裡再不是寂寂靜靜的村莊了，政府正在修橋鋪路，通至村口的已是鋪排有序青石板。據說是某富翁捐出一筆款項，專為修繕此村莊。

四圍環境改變了，但村中的女人沒變；依然日夕坐在門前的石階上，對着村口引頸張望。任炎炎紅日烤烹，那微現傴曲的身影。只是日漸衰老，本來明媚眼睛視線日趨迷濛，但仍然不住低聲呢喃：

「該回來了……該回來了……一定會……一定會……」

陣陣山風吹淌，群葉也沙沙擺舞，老婦們會齊齊緊張地張眼凝注前方。夕陽餘暉把天邊雲朵染紅，歸鳥群群結隊回巢，吱吱喳喳鳥語嘈雜。各戶蹲坐的老婦們，已是乏力交談，只垂頭默默如同樽樽化石。忽然、新近鋪成的青石板，被皮鞋和手杖聲敲擊得嘹亮迴響。如聲聲撚撥暮娘的心絃，使頓起波濤泛泛。她們急急用手撩撫凌亂髮髻，引頸等待；眼前身影漸漸移近，卻又沒人敢趨前相認。

「啊呀！是……是……是他……」終於依稀可認了，那線紋雜堆的臉上，綻開了一朵苦澀的花，以緩慢凌亂的步伐前進，那伸出的手掌顯現暴突條條青肋，是無言輕嘆。

門前仍然蹲着幢幢化石，是日夕祈望的一班老年婦，她們已不懂計較其能逗留的時間，是一年、一月或一天、兩天、那怕是片刻的短暫，只要能知道是平安就夠了。

二〇一一年十二月初夏於墨爾本

無言的結局

白佳對桌上的飯菜，竟在發呆。八歲兒子小明和剛過五歲的幼女小鳳，望了父親一眼，小鳳又舉筷瞄準青菜中的肉絲挑；津津有味地吃着，看到父親的神情，不懂也不理解。

「小妹、別挑了、留些給爸爸好嗎？」小鳳乖乖地把挾起的肉絲放下。白佳卻全沒表情，呆呆地看着白飯，彷彿老僧入定。

夜深了、孩子已熟睡。白佳對滿屋的寂靜，有着憤怒和怨恨。他難抑制地把電視機的音量調高，是企圖驅走四周的寂靜；正在移動的畫面，未能把其焦點留駐，他的思緒凌亂地浮轉。倩儀奇突的轉變，讓他百思不解。本來夫妻間可已相互溝通，惜白佳性格固執，不願和倩儀坦誠交談，至此已處冷戰中，相對竟無言了。倩儀是有意躲避丈夫，常在外流連至深夜。

回憶經歷千辛萬苦，數年共同的在工廠操作機器，省吃儉用。幸福而又讓友人羨慕，終於在澳洲生下兒女，真正成了快樂的四口之家了。為了使生活過得更好，憑歷年積蓄向銀行借貸，開一間六台縫紉機的小型製衣廠。因夫妻倆人緣頗佳，故也得友人們介紹推銷，訂單不輟。實行男主外，女主內共同努力，發展很快甚至城郊的小鄉鎮。經年多的經營，已擁有十六台的縫紉機，算是中型工廠了。

家裡請了傭人操勞家務，孩子上下學都有送貨小巴接送，一切皆漸漸邁向中層階級的生活。為了更上層樓，白佳拚命找訂單，難免要在外應酬，常帶着醉態回家。孩子被忽視了，每天想見父母一面很難，接送已由司機負責。孩子的成績和操行都退步了，常常炫耀自己擁有的新事物，無心學習。老師對本來好學的小明可惜，多次欲家訪，都因雙親忙而拖延了。

倩儀更忙，她自願幫忙收帳，反正討錢女人較容易，故白佳也樂得少麻煩。是工作增加了，她流連在外的時間長，常把廠內各事交由其親妹妹倩映代管。

日子流逝如梭，轉瞬半年多。那天：

「姐，舒雅店號訂的那批優閒服的材料，綠底碎花的布已用完了，何故定的貨仍未到？要請姐夫催促供應商。」妹妹倩映拉着倩儀請示。她略為遲疑一會，繼續說：

「其實這數週常常有客戶投訴，說我們交貨不準時，生意好了，看不起散客戶。」她不敢望看姐姐，因為她知道近日姐姐的脾氣壞，怕招引其生氣。但今天的她，是沉默沒有罵聲。

清早，工友們陸續上班；僅見倩映呆呆地坐在辦工桌後，不言不語。工友們才發現，工廠內只餘數台殘舊的縫衣機，廠房顯得空寬。女工們頓成了啁啾嘈唱的鳥般，吱吱渣喳地高音浪呼叫：

「哎！怎麼這樣猖獗，一個晚上把新機器全搬走了，報警了嗎？老板娘知道嗎？」她們都在不停地發問。才突然發覺蹲坐在一副舊機器旁的老板白佳，他死灰的臉容，讓各人更驚恐。

倩儀出現了，她臉色比丈夫更難看，是沒法形容的表情。她跪在白佳身前竟放恣地號哭：「機器是我用來抵債的，你送的首飾也輸光了。當初我陪伴山東的批發商陳太太，是你說要滿足其好奇心，但她一進賭場便玩興高漲。我也輸了不少，就是想把輸去的贏回來；像着魔般，若癮君子，每日就是往賭場供奉，已不能自己了……」倩儀不停嗚咽，淚涕沿面額流瀉。白佳把頭埋膝蓋上，只見他雙肩也在有序地抽動，竟默然無語，更沒責罵，讓倩儀更感不安。

時間是治療傷痛的靈藥，這一家又像從前一樣。白佳仍往工廠操作，倩儀憑藉兩部殘舊縫紉機，厚臉地向行家取衣料加工。這賭博的結果，輸去了辛苦拼搏來的財產；也輸去了本來開朗，和喜歡談笑交友，對妻子寵愛的白佳。現在除了機器之聲，再也難得開口，像忽然變成了啞巴。倩儀日以繼夜的與衣車為伍，仿若正努力追回失去的一切，包括曾經非常和諧的家。小明和小鳳也變了，再不是驕縱的暴發戶小孩；成績優異常獲稱讚，這也許是這家庭最感安慰，最大收獲了。

二〇一二年元月於墨爾本

作繭自囚的人

這夜，那輪皎潔明亮的月兒，讓大地披上一抹耀眼銀光。處處溢滿詩情的寂靜，卻使心悠勾引無限的愁緒。已屆中年但仍是風韻萬千的美麗面容，籠罩深深的仇怨。彷彿塵世上的人，都對她有所負欠。心悠無奈地倚在木椅上，發出串串深沉嘆息。

心悠闔府攜豐厚家財移民定居澳洲，生活是富裕和愉快。所結交的閨中密友頗多，自然是酬酢頻繁，生活多采多姿。

丈夫是出名的模範先生，對她言聽計從且非常憐愛。一雙女兒聰明孝順，完全沒習染富家小姐的驕縱。但她內心暗湧絲絲遺憾，無後為大的古老思想在不自覺中侵蝕着，對充滿溫暖的家漸漸產生疑惑和挑剔。

忽然，心悠本來常掛臉上的開朗笑容消失了，且容易煩燥發怒。對身邊的好友也會處處計較，並推想別人的好意交往，都是假情虛意，定另有圖謀。她杜絕應酬，把自己留在家中，終日胡思亂想，用滿懷愁思築牆把自己重重鎖困。

偶然陪先生出席交際，常會不歡而散。友人一襲艷裝，會勾起她的不滿，不覺說出一些酸溜溜話語，讓聽者難堪。久而久之，妨礙友情的發展，朋友和她相處，常懷忐忑不安。

幸好心悠仍舊有信仰，終日把經文朗朗誦念，可惜並未能領略其真諦，善美的經文未讓其陝窄的胸懷開拓。丈夫被無理駕馭，女兒也常常遭受嚴厲的束縛，若獨處時便急急藉詞躲避。這一切的改變，她完全沒注意，只洋洋得意，享受這種令親人疏遠的霸權。

孩子長成，更增加心悠所感受的壓力。猶若周遭的人都在等待欺侮她的女兒。於是終日虎視眈眈，甚至把女兒強留身旁。擁有富裕經濟，她更心煩。友人的善意交往，卻被她認為是有所祈求，嚴厲告戒傭人說：

「那位汪太太三天兩日的來，定是有所圖謀。若再來時，說我不在家，或說我不舒服不見客。」傭人都紛紛私語，從前爽朗和藹可親的女主人早已消失如煙了。

心悠變本加厲，偶然出席的場合，都披刺帶劍等待隨時反擊。之後、朋友蓄意疏遠，親人加倍小心遷就，她依然萬般挑剔，全沒半點醒誤。漸漸夫妻間相對也無言了。

心悠本來俏美的容貌，已被洗練成冷漠，她也厭惡一切應酬，把自己囚在無端的悲忿中。她日夕吐織的恨絮稠稠密密，把胡思亂想的怨忿在內心堆砌，那層層的繭讓其無法呼吸。對寡薄和充滿危機的紅塵生厭，對人生不再依戀，藉一瓶安眠藥讓自己長睡在繭裡。

兒女在收拾遺物，鎖在抽櫃內的首飾盒裡，有一張黃色的批命紙，字裡行間是：

「慎防小人當道，處處埋伏危機，財物損失，易招惹是非，冤鬼索債，家宅難安。」

艾爾斯岩之謎

占姆面容憔悴，默默凝視窗外風景，已不復像半年前和妻子同遊的心情。沿途依然是滿目荒涼，草木枯乾的沙漠地；卻沒有導遊的介紹，也沒有團友們的嬉笑聲。這是走長途的客運巴士，乘客多來自四面八方的陌生者。除了偶然和鄰座交談外，多是閉目休息。

占姆乘飛機到達北領地的愛麗斯泉。再轉乘巴士，故這次行程較上回舒服多了，減少長途跋涉的疲累。部份自助遊的旅客，興緻勃勃的調好焦點，向馳騁的風景追逐。深恐偶一疏忽，便會錯失令美景遺漏。這正是他上次的雀躍心境一樣，情節彷彿重新演出。他舉目再次捕捉那浩瀚無涯的長空，仿若過份澄朗的大際，快要被血紅的驕陽烘乾而碎裂。數朵稀薄的浮雲，宛如要向他跌落，讓他無端地提心吊膽。急忙收回視線，輕輕撫摸旅行袋，然後安心地閉目養神。

占姆耳際又響起那導遊泰林的話聲：

「請大家記著，那岩石現已限制攀登，因曾經發生多次意外，甚是危險，請注意安全為要。」一幕幕畫面在占姆腦中浮現，是那樣清晰。

占姆從新西蘭移居南澳。三十出頭的他，滿懷大志，未甘為普通的文員，終於在商場馳騁，成功地賺取第一桶金。雄心萬象的他，穩固基礎後，便和同居多年的女友結婚。所謂成家立業，兩者皆已圓滿。為了慶祝當年認識的日子，帶太太參加朋友組織的旅行團，到聞名世界的艾爾斯岩遊玩。

經濟頗佳的占姆，面貌雖然平庸卻具忠厚貌，讓人感覺是誠懇可信。他為人闊綽大方，極得朋友的喜歡。其太太茹安容顏算是中上之姿，待人有禮，說話溫柔得體，夫妻倆皆平易近人。

「但是、有件事大家要緊記，到達艾爾斯岩後，一草一石，千萬別拾取，因土著族裔曾經有傳說中的嘴咒，凡拾拿了回家，定會禍患連綿。聽說、曾有外國遊客因種種巧合，急忙把所拿的東西寄回。各位、我們寧可信其有。」那導遊鄭重地重複告戒團友。年長者點頭，青年輩都是一笑置之。

為了讓大家能盡情欣賞這塊從海底凸浮而出，歷經年月的風化水蝕，受日月焙烤，高三百四十八公尺，長九千四百公尺，是世界上最大的長枕形、含鐵質的單塊石岩。特意安排團隊留宿一夜。

當人們仍沉醉在美夢中，已被喚醒欣賞那變幻的彩色石。隨着太陽的爬昇，由浮現深墨褐化褚紅，又重醉酡酡的血紅轉為淡紅。岩的色彩在不停轉換，岩石像寶石閃露光芒，直至太陽高高掛起，才見褐紅泥土之色。

隊友分散遊玩，占姆、茹安欣賞大大小小的岩洞，洞內脫落形狀奇怪的碎石，色和樣皆很可愛；他倆高興地檢拾，放進背囊。一次愉快旅程，讓他倆感受重渡蜜月的樂趣。

誰料這半年禍事連綿，股票崩潰，生意虧蝕。他倆期待多年，茹安終於喜懷孕，但僅三月竟不幸流產。占姆自己終日精神彷彿，心裡忐忑不安。茹安再三趨促，決定把所取石塊送回原處。

占姆隨乘客下車，急急就近讓小石塊回原居地。其實他對所謂嘴咒傳說，並不肯定相信，但太多的巧合，也讓他躊躇。他再深深細想，不問而取如同偷竊，況且岩石範圍，已標題語告示，非常後悔自己的行為。

翌日、回程途中，占姆心中輕輕鬆鬆；猶似扔掉了一塊巨石，一份久埋心中的「罪孽」，再無愧疚。

二〇一一年元月於墨爾本

易幟後的小風波

越南淪陷後，華人日夕提心吊膽，為將來的茫茫前途愁眉苦臉。換錢後各人不敢再顯貴耀富。衣、食、行、也盡力採取樸素簡單，怕被當權者清算。

那天，佩玉抱着一隻頗肥大的公雞回家。小福狗搖頭擺尾汪汪叫，緊緊跟在身後。身形纖瘦的她，累得在廚房喘氣。重獲自由的大公雞被小福狗追逐，東逃西竄，碗盤傾倒聲響，把已過中年高挑的母親引來了：

「佩玉，這時期妳怎可買雞，會給我們家惹麻煩。這時候最好裝窮，是農、工等天下。知道嗎？富人是有罪的。」和佩玉一樣俏麗的臉龐，已浮現一抹愁緒。

「媽，別擔憂，這不是買的，是學校阮老師和我換的。多利每天吃量大，以後怎能應付？而且幹部財哥多次說喜歡銀狐種多利，遲早他會拿去的。」她給媽媽倒了一杯茶，然後又說：

「阮老師非常喜愛銀狐犬，她自動要求以肥雞交換，她爸是高官，擁有一個農場。誰若問起，媽實說就好了。」

佩玉是幸運的，淪陷後仍能留校執教，是有賴平日和阮老師感情厚。否則資產家背景的她，早被開除。她媽媽又開腔：

「妳爸爸每天回家都逗兩隻狗玩，等下怎辦呀！」說完便轉身張羅晚膳，臉上愁雲更加深。

前門傳來「威士霸」機車之聲，佩玉和她媽趕快迎到門前。健碩的陳先生滿臉喜悅已溢瀉，他不及更衣站在樓梯邊說：

「今早開會，害得我昨晚輾轉反側，擔心被算舊帳，或被掃地出門、驅逐下鄉。真想不到，竟任命我為保長，哈，哈，家暫時安全了。」爸歡悅之情，使她倆忐忑之情暫忘。陳先生又說：

「快開飯吧！我今午還沒吃東西，餓死了。」他邊說邊上樓，口中哼着小調。

桌上的飯菜吃在他口裡是特別香，小福狗在桌底蹲着。今晚沒有多利和它爭奪，也顯得悠閒了。佩玉母女悄悄緊張，相互交換日光。這出乎意料喜訊，令他太高興。填飽饑腸便急忙上樓，要將這好消息和弟弟妹妹分享。把平日飯後逗弄家犬的習慣，也遺忘了。忽然、聽到雞鳴之聲，從樓上伸頭往下問：

「誰買雞了，這時期還是謹慎好，千萬別招搖惹麻煩。」語調有點不悅。

「爸，是我姓阮同事送的，感謝我常常給她幫忙。」佩玉立刻回答，臉上難掩慌張。

「那好、明晚把它宰了來慶祝，記得把二弟和三妹叫來。」佩玉趕快回房休息，怕父親再下樓，肯定發現多利失蹤。

一頓豐盛的一雞三味晚宴，在陳太太絕好廚技烹煮下，令各人齒頷留香。看着像美人照鏡空空的盤碟，陳太太也漸現喜悅感。送走兩家親人後，陳先生在吹口哨：

「奇怪，何故整晚不見多利，是否被關在後院，佩玉快開門找找。」他用腳逗弄着小福狗。

「對不起爸爸，是我把多利換了大公雞。反正現在環境不可能飼養兩隻狗，況且爸剛當選保長，會受批評的。爸不是要我們假裝貧困嗎？」佩玉怯怯地把道理言明，希望其父明白不加責備。

「馴養八年的多利，沒問我便自作主，妳知道是花多少錢買的？何況又不缺那丁點開支。哼！淪陷的老師目中不再有父親，這事妳母親是知道的了。」用很大的力氣把椅子推倒，睜了佩玉母女倆一眼，生氣地上樓。

深夜十二點已過，佩玉仍沒闔眼，其實她也難捨多利，總擔憂這高級的銀狐犬會讓爸招禍，那財哥曾多次說是有錢人才能飼養，每每看到那張皮笑肉不笑的臉，就無端心寒。

前門一陣陣狗吠和抓鐵閘聲，像在哀鳴，越吠越響。她爸媽被吵醒，急忙奔下樓開門一看，僅見多利純白的毛，已斑斑污泥貼在身上。它立刻撲向男主人，尾巴拚命搖擺，受傷後腿仍滴血。他們全家都過了一個既高興又痛惜的含淚之夜。

佩玉非常煩惱，她爸已下嚴令，不可再送走多利。其實、她比誰更痛苦。大公雞早已下肚了，怎向同事交代。若再把多利送回去，是太無情了，自己也捨不得。但明天阮老師問起是否見到多利，該如何回答？要撒謊她做不到，賠錢是肯定拒絕的。雞還不了，狗也還不了，太沒誠信。將來校中相見，真難為情。她整晚思量，想不出情和誠信兩全之法……

二〇一一年七月於墨爾本

殘橋冷伴星和月

越南堤岸是華僑聚居處，石橋寥寥無幾。但這座建築堅固以大石為墩，用木板作橋身的橋，每天擔任繁重工作，支撐兩岸的行人來往。也曾以顫抖呻吟的橋身，肩負義勇軍反法殖民期的艱苦任務。何故被命名為「洗馬橋」，其名字來源是無從考究了。

這日黃昏、橋上人群洶湧，圍觀者都緊張地叫囂：「救到了！救到了。」兩位全身滴水的船夫，正扶拖着一位三十出頭的俊秀青年，緩慢地移進人力三輪車上，一班好事者還緊緊跟隨車子後。這位街坊都認悉的少爺，何故投河？人們不停地討論和猜想其原因。

大街上一間規模頗大的紡織工廠，此時也正人聲嘈雜：

「快！快！快通知老爺老太太，大少爺跳河自盡，已被船夫救回來了。」，門房旺伯氣喘喘地奔跑到內堂，向正在閒聊的管家蓮姑報告，家裡立刻慌亂。翠媚和細珍正摻扶病後初愈的張老爺出來了，張老太太緊挨身旁，皆滿臉迷茫和驚慌。

「把孩子帶到後院，閒雜人等都退出房外，讓空氣通暢。德叔去請對街中醫生。一會兒、翠媚陪大少奶去抓藥。」老太太略為鎮定，她已向各人分派職守，便在老爺身旁落座。擠在大門前的人群仍未散，是關心或好奇？他她們像要等待答案。

經數周的中醫診治，仍未見其效果。大少奶是新派人，且其善大少從小受法文教育，夫婦是同學。故極力排除眾議，改由西醫治理。自此、長街上再沒有股股藥香飄盪了。

每天打針吞藥，轉眼數月，不見點點起色。其善依然像忽然失聲的啞巴，不發隻字片言。任誰發問，也絕不回應，不和誰交談。他依然六親不認般，終日迷迷糊糊默默呆坐。間或獨自徘徊在花園裡，仰首天際，目光是一片迷茫。但無論坐或行，雙手必按胸前，十指指尖總是相對轉動。仿若在點數錢幣，重複再重複的不停互動着……

其善是該廠的總經理，自從父親中風後，所屬的產業已交由他全權管理。這位人如其名的謙謙君子，凡事還是禮貌地向跟隨父親數十年的正負帳房，德叔和楚叔請教磋商。對廠裡男女工人，非常溫和，憐惜工人的辛勤，遇時節還特加獎賞，所以偶然增加生產時間，大家也幹得愉快和甘願。因廠中織出的絲綢質料優良，故鄰近的國家，多向他採購。照店中慣例，貨運到了兩個月才結帳。是命中注定的劫數、是冥冥中的安排。本來一向由德叔負責金邊市，楚叔專責下六省。那天、發現金邊市大客商已三個月沒還錢，也沒補貨，肯定有問題發生；剛巧德叔腳痛老毛病又發作了：

「少爺、真不好意思，等多幾天吧！我會帶兒子小鵬陪我去一次，反正這客戶是沒法繼續了，聽說已被某廠商搶去。只要肯清還這大筆帳，已算是好運。」德叔移動那跛腿，走進其善的房間說。

「不！德叔、這是我們十多年好客戶，我不願意也捨不得失去。請別擔心，我決定自己走一趟。除了結算舊帳外，也查探是否那家的條件比我家好。」其善立刻扶德叔坐下。想不到這次之後，其善便永遠把雙唇縫上。

其善從金邊回來，卻沒有直接返家，竟坐三輪車到「洗馬橋」投河自盡。帳款沒帶回，人變得癡呆了。任如何追問，總得不到答案。人們又議論紛紛，都眾口一詞認為是被下「降頭」（即用蠱）。

堤岸城參辦街的夜景是美麗的，串串燈火映照着熟食攤位，空氣飄浮陣陣誘人垂涎的香味。食客正忙碌地東張西望，逐擋挑選喜愛的食品。紡織廠內的工人，也走到長街趁熱鬧，正好把白天機器的噪音，拋諸腦後。大少奶和蓮姐楚叔陪老太太戰四方城，老爺已休息，其他傭人也各自消閒了。

「洗馬橋」路燈昏暗，夜空的星月不停閃爍；努力地把橋旁數棵大樹，投照在殘橋上。那隨晚風搖舞的形態，正如同鬼魅。呆立橋沿高瘦孤獨身影，使寂靜中更充滿恐怖氣氛。忽然、悠長的嘆息伴清晰的墮河之聲，隨水花濺起，立刻四週又再回復靜寂。其善終於解脫了，他遺下無限痛苦給親人。一切的疑問，再難覓答案，僅留下串串迷惑，讓人們沒法摸索。人們仍不禁猜想，跳下時他是否已清醒或依然……

二〇一一年七月於墨爾本

多情只剩春庭月

定邦小心奕奕推動輪椅東閃西移，躲避因道上石塊而引起的巔波。一面低頭溫柔地俯身，對輪椅上默坐的妻子細語喁喁，表現出無限的關愛。靠椅直坐著臉容憔悴蒼白的倩紅，靜靜地低首聆聽，面上是完全沒露半絲表情……

雙十年華的倩紅，帶備豐厚妝奩，舉辦非常隆重的婚禮，嫁入李家。轉瞬間、已共渡過二十多寒暑；且為定邦生育了六名兒女，皆也均已成長。丈夫事業順利，家境富裕，孩子學業有成，如此人生使她深感安慰。對幸福兩字，自己肯定復肯定，感恩再感恩。這雙昔日被喻為男才女貌的伴侶，如今更成親友們非常羨慕的幸福模範。

究竟是多少個七年之癢堆積？定邦開始難抑色慾的引誘，悄悄在外尋歡納寵。其痴狂迷醉心態，像久旱枯井，突然有活泉湧出，竟至一發便難收拾。他以為行蹤謹慎，暗暗慶幸；從此可享所謂齊人之福，為自己擁有風流倜儻的外表而驕傲。

那天，匆匆趕到醫院的他，得悉妻子陷入昏迷，仍在搶救中。孩子滿臉是憂傷，滲和着滿腔忿怒交織。對父親出現，全不予理會。定邦向兒女追問病情，他們皆冷漠轉身含淚無語。

醫生說：「病人早患有高血壓症，是承受不了嚴重打擊，故引發腦充血而至休克。神經系統因缺氧而出現問題，將會半身不遂。看看吧！以後你們多讓其心境愉快，也許物理治療也可有幫助，或增加復原的希望。」

電話傳來嬌妾興高采烈話聲說：

「邦，整天躲在那兒？急死了！我正有好消息要告訴你。昨天我親自和你妻子面談，將我倆的關係坦白告訴她。說明你對她已無感情，你不是很擔心她會緊拉着你不放你走嗎？看！現在甚麼問題我都為你完全解決了。從此、你是自由了，都是你自己膽怯，總是拖拉的不敢去早日面對……」

定邦對著話筒怒聲狂吼：

「混，混，混帳狠心的東西，妳這可惡的女人……唉！不是早和妳說好了，以不傷害我的家庭為原則嗎？妳也太貪心，太妄想。好了現在我們完了，完了，以後我再也不會見妳了……」

定邦蹲俯在輪椅旁，用手帕為倩紅揮抹滲額的汗珠。黃昏夕陽正以繽紛彩色催晚，夜色隱隱漸露，公園散步者卻有增沒減，大家均喜愛春夜的清爽和涼快，願意留連在這陣陣晚風吹拂中。當輪椅過處，沿路人們皆對定邦投下嘉許的目光，倩紅隱約聽到片段話聲：

「看嘛！這位太太真是幸福啊！多麼難得的體貼丈夫，世上難求的痴情漢呀……」

重施迷霧惑心魂

古梅對著長照身鏡，身軀左右移擺，騷首弄姿，且頻頻轉換姿態。臉上仍顯現七年前那股妖蕩氣。雖然歲月的遺跡已殘忍展佈，皺紋也依稀可見，但染髮霜已巧妙地為其掩蓋額邊疏落銀絲。

她滿意自己的欲拒還迎之計，享受並欣賞那瘋狂偷歡情慾耍戲。她確也盡了混身解數，才再深深地引誘他重回懷裡，把其玩弄股掌上。唉！要周旋於兩位男士中，說易卻頗難，但像她這類婦人，總懂得如何運用心思，以滿足其慾望。

什麼數十年夫妻情，兒孫親恩，究竟有何價值？只要一通電訊，他便像被招魂地急往赴約。若逢上班時、他會藉詞瞞著太太，趕往月台作短暫相會呢。古梅心中蠻受用，肯定自己的吸引力，是無比的過癮極了，她想：「誰要破這桃花陣嘛！難呀難。」

小坡萬分得意，又可再過偷偷摸摸的刺激。老妻每次醫治背傷水療時刻，是他趕往享受風流好時光；正所謂妾不如妓，妓不如偷哦。他摸著剛剃好的下巴，光滑已無鬚根，又用手梳理亂髮，喜形於色轉動駕駛盤朝北馳奔。

浴罷的古梅全身噴灑香水，在一絲不掛的身體披薄薄袍子臥床等待。她知道那租房客年青夫婦今天是不回來，同居老頭也剛巧去雪梨開會，興奮之情，使平常五官溢滿一股妖冶氣。拉枕摺被後又加噴香水，她進廚房滿注一杯熱水，置床前小几上。她忽感焦慮，怕他難逃脫其老妻法眼。她越想越煩，決定要認真談談，免招後患。

看到若隱若現的曲線，小坡已無閒細述遲到原因了，一同在床上摟抱撫摸，極盡纏綿。兩個赤裸的身軀，翻雲覆雨。古梅浪語喧叫，惹得小坡慾火狂燃；盡情淫樂之後，共枕言談。古梅張眼假嗔說：「急色鬼，你能設法回復自由身，我定放棄同居那老鬼，把你列為第一結婚對像，下半輩相宿相棲至死相隨。嘻！嘻！嘻！」她翻身把白條條的身軀壓在小坡瘦骨的身體上，手掌不規矩地遊走撫弄。

「梅、梅我真的要走了，別太晚讓那女人先回家，而洩露我倆的秘密，來日方長呢！」小坡還在輕喘著，急忙穿衣褲，喝下那已冷的半杯水。

「膽小鬼，走吧！聖誕節要有回訊，一定要盡快成為自由人呀！」

回程中，小坡心亂如麻，他深知自己很愛惜這兒孫滿堂幸福的家；但他實在抗拒不了古梅蕩婦般的誘惑，他拿著她還給他的那套古典CD音樂進門，惜妻子已在張羅晚飯了，她驚愕地憤怒說：

「這不是七年前你給了那壞女人的CD嗎？啊！你們怎麼又再搞在一起了，這實在太可惡、太可惡了。」

其妻跌坐在椅上邊哭邊高聲怒罵……。

鵲橋難渡織女情

在南越初期，紡織業非常興盛。堤岸華埠商店林立的同慶大道，及食肆酒家櫛比鱗次的參辦街，都設有織廠於此。

參辦街行人道異常寬闊，泥石板舖蓋，和屹立的兩層樓房，都是耐久淺灰色。那頗有規模的「六國舞廳」，鈎掛簷前的招牌，圍鑲日夕閃耀彩色霓紅燈，正和對街黑漆大金字「仁昌紡織廠」，斜角相對映輝。

這中型織廠的織女，都是來自廣東的女子，年齡三十左右，多抱獨身主義者。她們的生活簡單，每天手腳並用，和座座緊鄰的、龐大木材製成的機器搏鬥。鐵心木梭，隨着手搖腳踏的織女目光不停穿插起舞。震耳機聲，讓她們說話的音調日漸增高。每匹織成的絲綢，都凝結她們的青春和汗水。把本該有夢的寶貴歲月，搖落在冰冷深沉的機房。

細珍是新來的織女，她是漿房專司拔耕[1]少萍的堂妹，是如此年輕。雙十年華的她，天生一張嬌俏臉蛋。像湖水般清澈的美目，常常和拖在腦後烏黑辮子搖晃。剛搬進廠房便大嚷：

「哎！怎麼這樣陰暗，我有點怕黑，晚上我睡在何處呀？誰和我同房？」她天真地連串問題，使原來十多位織工，都忍不住發笑。

領著她進來的賬房馮老爺，看細珍蘊含問號的眼神，也忍不住微笑說：

「細珍、除了領班蓮姐和蓉姐，各人皆是睡在機頂。這寬闊的機頂，要比房間寬敞。有這麼多人一齊，還怕嗎？」已過中年的馮老爺去了，織女們立刻向細珍查家宅了。

相處數月後，蓮姐喜歡這純真少女，自願和她同分一房，卻未料引起漿耕部管工蓉姐不滿。這群自梳女，雖然未解現代的所謂同性戀，但總愛找位投緣的姐妹，共同作伴。蓉姐對蓮姐視如姐姐和良伴，常常同吃共眠，她認為蓮姐的感情和一切，只她才配擁有，難怪內心忐忑難安，猶如倒翻了五味醬。

織女期盼的七巧節快到了，農曆七月七日這比新年更重要，廠房休假十天，大家忙碌地準備展出手工藝。她們未經訓練，卻手工精巧。用彩色繽紛的紙剪糊七仙女衣物，以瓜子、花生砌成亭台人物，展出套套歷史故事。如鳳儀亭、關公送嫂、織女牛郎鵲橋會等等。並且

1 拔耕是紡織專用語，是把絲在一長方形約兩丈闊的木製長架，來回按序掛在兩頭突出的小角內，在機尾的圓軸拉直捲成一大絲軸，是織綢必有材料。

開放三天，任人進來欣賞。若來的是同業，還有炒粉或瘦肉粥招待。織工們頭髮梳理烏亮，燙漿整齊黑綢衣褲，臉上笑容，幾可比美天上月亮。遠近工商業者，都抽空來欣賞。標緻的細珍，常凝聚年青伙子的目光，她的心湖被掀動了。

細珍畢竟年青，當華燈初上，街上的食物檔擺得滿滿，喜聆「六國舞廳」那醉人音樂飄揚於長街。初時、細珍只倚在窗框欣賞，慢慢卻管不住腳步，往街上閒逛。她對織女枯燥生涯厭倦，不願在古墓般的機房掩埋情感，竟偷偷應糖水坤仔邀約了。

細珍掩抑不住蜜運歡容，常常哼唱小調，引起蓮姐的愁緒。容姐是萬分高興：

「姐、不是早說了，她一臉輕佻，怎能是我輩，看早晚影響到仁昌名譽。」她希望把細珍弄走，挽回蓮姐的心。

細珍應中和堂藥店的藥工所約，漸漸是來者不拒，感覺蠻好玩。細珍不穿黑衣服了，甚至灑香水和常常晚歸。街上傳言她被六國舞廳大班釣上了，大家議論紛紛：

「哼！真是好貌沒好格，怪不得每次她走過，總有股狐狸味。可憐淳厚的萍姐，有如此不顧面堂妹。」人言可畏，寬容的鄧老板囑咐帳房馮老爺多支一月工資，把細珍辭退了。

「烏哇畏[2]、果隻野[3]做舞女了，昨晚我見她拖個佬[4]入舞廳，臉上搽到五顏六色。」蓉姐發現天大秘密，喜上眉梢說：

「我還以為她走出此行去做少奶奶，真是自作自受。」蓉姐用眼角瞟了蓮姐一眼。

其實蓮姐心裡難過，她很喜歡細珍，可惜感情付於流水。

萍姐內心更悲，她把細珍從鄉下帶來，想幫這父母早亡，孤單的堂妹，反而讓其淪落風塵。

2 是廣東南海西潮口音的驚嘆號

3 是廣東南海西潮指那個人

4 是指男人

婚紗背後的故事

鏡裡新娘美麗的臉龐浮現，展示着無限幸福。堯靜那修長明媚的雙目，含勝利的光芒。高挺的鼻樑配合略嫌寬厚的上唇，也可算是美人了。她正左顧右盼地自我陶醉，彷彿忘記了新娘該有的矜持。

信誠家境富裕，人品俊逸，待人彬彬有禮，處事周詳，是女士們夢寐以求的理想對象。

「看！這樣的丈夫是稀有動物，婚禮一切都親自籌備，竟連伴娘和伴娘服飾皆代為選定……」姐妹群七嘴八舌地紛紛議論，臉上呈現無限的羨慕。

堯靜唇邊的笑容更深了。若非當初施展伯母政策，怎會如斯容易擊敗隱形對手，未來幸福又怎能在掌握中。

曼芬柔美的聲波把沉思喚醒：

「堯靜，要幫忙嗎？時間差不多了。」她就是誠信請來的伴娘，曼芬不但秀麗雅緻，且溫柔儀容讓人喜歡接近。

「都準備好了，唔！誠信真有眼光，為我選了妳這樣美麗的伴娘。是誠信的同學？想定是男友多的排隊吧！」堯靜仍在對鏡騷首弄姿，漫不經意地發問。

「我倆是在電子業聯歡會上認識的，不是同學是同業。至於男友嘛，有也等於沒有。」曼芬語帶感傷，低聲說。

身穿白色禮服，袋口佩紅色襟花的誠信進來了，緊張地瞄兩人一眼說：

「都好了嗎？時間到了，親友皆到齊在禮堂候着。」他匆匆看了曼芬一眼，便欲離去。突然曼芬臉色痛苦，用手掩護胸口，作乾嘔聲。誠信立刻回身驚慌地扶她問：

「妳怎麼啦？那裡不舒服？要用點藥嗎？」他緊張地發出連串問題，已忘記堯靜的存在。

「謝謝！不用了，一會兒便好，我只是胸口不舒暢。」說着那蒼白的臉上滑落兩行淚珠，她趕忙背轉身輕輕抹掉。

「曼芬、別難過，雖然我倆認識日子短，但也算有緣，請把我當為好朋友，若遇上困難，或許我可以幫忙。」堯靜輕撫曼芬的背部，助其減輕痛苦。

「我已不能再忍受了，我！我實在太痛苦了。我已懷有身孕兩個多月，這是誠信的骨肉。我本是孤兒，在孤兒院長大，他的家人不肯接受我，嫌棄我的身世，說是苦命不祥之人，而剛巧妳闖進來。但誠信說他只愛我一個，且今天是三人的婚禮，雖然未能公開宣佈，我已是他的真正妻子。是他的太太，是陳家的一份子，他也妥善安排了我母子以後的生活。」曼芬輕輕抹去滑下的淚珠，繼續說：

「其實我不在乎名份，也不會和妳爭奪，只求能常常見到他，我已心滿意足，決無所求了。」說着，說着，淚水又忍不住滑落。

堯靜已氣得臉色鐵青，忿怒地跌坐在梳妝台前，兇兇瞪視眼前的女人，恨不得立刻把她扼死。心裡狠狠嘴咒這場可恨的婚禮，算是前沒古人，後沒來者的雙妻婚禮，這是一場精打細算的騙局。堯靜腦海巡迴着，我該怎麼辦？我該麼辦呢？

誠信進來輕挽堯靜的手，快速地瞄了曼芬一眼說：

「該行禮了。」另一隻手推了曼芬一把。

堯靜按捺滿腔忿怒，臉上展示甜美的笑容，隨着音樂儀容萬千地步進禮堂，無限深情地望向誠信側影，心中恨意更濃。婚紗底下的腦袋，已在旋轉着各種報復計劃，心坎裡也在嘀咕惡毒嘴咒，我定要你傾家蕩產，我發誓要你千萬倍奉還。

親友們的掌聲，滲雜着對新娘和伴娘的讚美聲，洋溢全場。堯靜把頭紗拉前，欲想讓串串祝福和稱羨隔於紗外。她僅聽到自己的心語，我報復，我一定要報復……

悠悠天地何處覓

鄧家整個春季都籠罩在憂鬱的氣氛裡，屋中除鄧老太太的唸經聲，連平日洋溢屋中的麻將碰撞；叫牌之音浪已靜絕，各人都忙於往返醫院。在越南首屈一指，是法國人遺留下來的聖保羅醫院，設備齊全且擁有新式儀器。雖費用昂貴，但鄧家仍未躊躇或泄氣。鄧老太太恐康復時日遙遠，親自督促長孫祈善變賣此產業，以供巨額開支。

在五十年代心臟病發，引至腦中風，可救活的機率很微。已五十多歲的鄧覺兆先生，是當時的商場翹楚，擁有幾間夜總會和紡織廠。其兒子和女婿皆是經商之才，使業務蒸蒸日上。本來醫藥費是無憂慮，但醫生說若要康復痊癒，至少住院半年。家中向以長者為尊，故老太太決定準備款項等待，只好聽命了。

是醫生醫術高明，是鄧老太的朝晚虔誠拜佛，慈愛感天？覺兆病情轉好；且較預期還快，醫生已同意他回家中調養。這彷彿是太降喜訊，頓把家裡的愁雲慘霧，一掃而空。鄧老太半年來深鎖的雙眉，也舒坦地展開。她移動三寸金蓮，指揮媳婦，命其親自打掃神龕，待

兒子回來，要率領家人酬神奉香；

「從今天起，家中禁止殺生，要茹素三天。家嫂、妳要嚴禁那班年青伙子，不准在外面偷吃……」鄧太太言語嚴謹，但臉上卻是展露笑容。

聽到樓梯傳來陣陣緩慢的步履聲，老太太緊張地在梯口等待。當看到身形消瘦，青白乏力的兒子，由長子和女婿摻扶艱難地檯步拾級，扶着老太太的兆嫂已滿眶淚水了。

「回來就好、回來就好了、先向祖先拜拜再休息，覺兆乖呀！」老太太一臉笑容，輕輕撥弄兒子的頭髮，把喜氣讓屋子漲滿，她仍把六十在望的兒子當作小孩般哄護，傭人們也在偷偷發笑。

「謝謝媽、這日子讓媽擔憂了。」覺兆看着這位年過八十的慈親，眼中浮動的淚水已偷偷滑下。

倚在床沿的鄧老太，慈愛地端詳被病魔折騰了半年多的獨子，感覺是其比年歲還老，已難找尋昔日縱橫商場的雄姿了，難抑暗暗滴淚。但回想兒子能從死神處脫險而返，又破涕而喜了。她輕撫那仍充滿生機的手時，笑意溢掛嘴角。各人悄悄退出，讓其母子共聚天倫。房外插着粗長的上好檀香，正散發恬然的香氣；縷縷青煙也欣然地飄飄翩舞，覺兆在母親慈愛的話語中墜入夢鄉。

兆嫂忙碌地張羅豐盛晚飯，三天的素食，使年青伙子不慣。浮游烹魚煮雞的陣陣香味，已夠讓他們垂涎欲滴了。傭人跟隨兆嫂把一小盤小碟美食，搬進鄧先生的房中，讓母子倆一同用晚飯。老太太的傭人八姐，慌張地跑來，以眼色請女主人出房外；

「太太、不好了，老太太叫不醒，好像是睡死了。」她小聲地告知兆嫂，怕驚動男主人。當家的兆嫂，叮囑翠娟在房中照顧，鎮定地要女婿請醫生。同時交代長子在街頭的旅館訂一套房，等飯後把覺兆安置休養，家中各人暫時不能哭喊。

「兆哥、你的朋友太多，整天嚷着要來看望，我不想你太勞累。和奶奶商議後，她認為該暫時租住旅店，好好休養調息，遲些時再搬回來。」兆嫂娓娓地說，臉上仍掛着笑容。

依鄉例遺體不能移動，喪事在家發引。一場隆重的喪儀開始，親朋戚友，紛紛來祭拜。日夜不停的法事進行三天，才舉殯入土。送喪者頗眾，隊伍延伸至數條街道。

一班平日和覺兆至交的朋友，早已受到鄧太太的請求，常常在旅館流連忘返。且請來盲人歌手娛賓。他以其低沉歌聲，滄涼感人的二胡伴奏，唱出一闋闋徐柳仙、小明星等等的動人名曲，等待男主人疲累了才曲終人散。依傳統喪儀，並非入土就妥善，要四十九天、到尾七超道，通宵達旦誦經，才算圓滿。

鄧先生在旅館休養一個多月，回家時已一切如舊了。經兆嫂婉轉地向丈夫講述家姑往生之事時，他卻反常地平靜：

「我早已料到家中定發生了什麼？也好、亞娘是無病無痛含笑往生。已八十四高齡了，是有福氣的。」他說、眼眶滿佈欲滴的淚，聲調仍是平和。

街坊們議論紛紛，說是鄧老太讓壽給兒子……。

二〇一二年元月八日仲夏於墨爾本

附錄之一　婉冰訪談錄

陳勇

陳勇（中國作協會員，小小說作家網特約評論家）：《喜訊》用反諷手法，寫出了一個家庭由悲到喜，由喜到悲的過程，讓人深思。請談一下此文的創作過程。

婉冰（澳大利亞女作家）在華人的家庭中，長輩皆祈待早日抱孫，故對晚輩會有一股無形壓力。廁身在異域新鄉，是倡導男女平等。婦女也有工作，或加入白領行列，為了穩固工作，某些好強的年青女士，對上司多少有奉承心態，若稍為不慎或不幸，多會吃虧。有感於此，便撰文喻物讓有所警惕。

陳勇　您有不少小說，寫了中年婚姻危機，與夫君心水不謀而合。這種心靈感應，來自何處？它對於您寫作有何意義與作用？

婉冰　我們移居他鄉，都有種種困難發生，尤其要重組幸福家庭。於是道聽途說，周遭可見家庭分裂。其讓我內心被感染，多少會有所恐懼，在有意無意中借文字舒緩苦惱，也可給讀者作為一面鏡子，同時可用以娛己娛人。

陳勇　您小說語言很有特色，給人留下深刻印象。您小說中優美華麗的語言，是來自書本，還是其他方面？您認為，在寫作中最難駕馭的是什麼？

婉冰　自幼喜看古藉，如紅樓夢、水滸傳、、等。也因喜唱粵曲，是業餘票友，曾多次粉墨登場，特喜唐滌生先生的曲詞，其典雅深邃處使得益良多。因演出時要熟記歌詞，已深印在腦海裡；文字在寫作時，不知不覺中傾出。

在文章內的結尾與開端，落筆時常考慮該如何把故事帶出，如何讓讀者有看下去的興趣。結尾又再思索讓其較特別。所以、很多篇作品都和我先前構思，完完全全的分歧。

陳勇　在家庭中唯夫妻之間沒有血緣關係，卻有人間最愛。有的夫妻，生活時間長了，連長相都比較像了。您寫微型小說，是否受心水先生影響？在寫作中，二人是否經常交換素材交流經驗？有無激烈爭論之場景？

婉冰　是的、當他埋首於創作時，忘去一切瑣碎煩惱，是一幅無限享受樣。引起我對加入筆耕行列的興趣，故當孩子成長後，決心搖筆桿，寫文章以舒緩情懷。

我和心水常常是彼此的首位讀者，會相互改正錯、漏字。但大家的創作風格不同，絕無爭執，都會尊重各自寫作空間。

陳勇　溫馨而濃郁的創作氛圍，是否讓您的五個孩子受到熏陶和感染？您和心水先生是否打算培養接班人？

婉冰　很可惜、受西方教育的孩子，是無緣捧讀我倆的書本。幸好定居舊金山的大女兒美詩，還能成為我們的讀者。這已讓我感到非常滿足了。至於接班嘛！肯定是沒希望了。

陳勇　真誠希望您和心水先生比翼雙飛，給讀者帶來更多地驚喜。

婉冰　謝謝陳先生的祝福，我會在明年呈上「放逐天涯客」小說集給讀者。

二〇一〇年十月

附錄之二 婉約七彩

婉冰專著「回流歲月」賞讀

沈志敏

很早就拜讀心水先生的兩部長篇「沉城驚夢」、「怒海驚魂」。其作品中的故事大都為作者親身經歷，其內容驚心動魄，且具有深刻的歷史意義，均為大作也。而心水先生的夫人婉冰女士的作品則別具一格。剛剛拜讀了婉冰女士的著作「回流歲月」，中國古代對文學作品的評析，有豪放和婉約之說，至宋代詩詞散文，有豪放派和婉約派之分，兩種文風各有特色，各領風騷。而婉冰女士的作品，頗有婉約之餘風，用詞典雅古樸，敘事舒緩，不緊不慢，抒情多愁善感，真實感人。雖然多寫身邊瑣事，但身邊之事在作者那枝細膩的筆，呈現出多彩多姿，如七彩之虹滲透字裡行間。

1、我從東方價值觀念中成長而來的女性和一支傳統的筆。

我從婉冰作品中可以讀出婉冰女士是一位深受傳統文化影響的女性，她出生在越南堤岸，在越南華僑家庭，大都保持着一套中國的文化傳統觀念，況且越南文化本來就受到中國文化的濃厚感染。於是，我們從作品中看見了一個在中國古典文學熏陶中長起來的一位有教養、有才華的人，在她的作品中選詞用句都會有很濃的傳統風味，且看一篇篇作品的故事，如：古今同唱，七夕拾遺，踏雪故人回，悠悠故鄉情，風物淒淒宿雨收，昨日星辰昨夜風，無邊落木蕭蕭下，柔腸一寸愁千縷等等。

其作品中所反映的價值觀念也是東方型的，相夫教子，兒女情長。對祖輩的讚頌，對父母家人的深愛，對親戚朋友的想念，對傳統文化的熱愛，吟唱粵曲，追憶故鄉，以及和丈夫孩子同甘共苦，一起淪落天涯，又一起在天涯海角建立起自己的新生活等等。於是、當讀者踏入作者的一個又一個故事的境界之中，一道一道色彩呈現在讀者眼前，讓讀者體驗到一位東方女性在生活所嘗受的甜酸苦辣。

2、身在西方價值觀念的社會中，用筆描繪出一枝東方文化的花朵。

當我們踏上以西方文化為主導文化的澳大利亞社會，我們的目光往往能夠較清楚地看見東西方不同的東西，卻難以瞧清楚沉浸在生活流水之中，人類社會生活中各國民族各個國家相同的東西。中國人從過去生存到今天，西方人也是從過去生存到今天。

婉冰女士雖然如今生活在屬於西方觀念中的澳大利亞土地上，但仍持著東方女士的色彩，在她的作品中反映出的東方民族的倫理教養，價值觀念，並不和西方文化觀念完全是背道而馳的。人們對於良好品格的完善，人們對大自然的感受，人們對美的追求，人們對快樂和痛苦的感受，人生情感軌跡的追憶和想念，婉冰女士作品中的這些內容，不也和許多西方文化作品中的內容幾多相似嗎？但又不得不這樣說。婉冰女士的作品是一部深刻着東方文化烙印的作品，是她在澳洲西方文化的背景下，用筆描繪出的一枝東方文化的花朵。

婉冰女士的「回流歲月」分成三個部分，抒情散文，浮生小品和微型小說，如要細細賞析，得需一篇論文，不如讀者親自閱讀一遍，相信會有更多感受。

二〇〇〇年初春於墨爾本

（作者為澳大利亞知名華文作家、現任「世界華文作家交流協會」理事。）

親情的升華

讀澳洲著名作家婉冰女士詩集

楊菊清

從外地出差回來，到家剛坐下，太太就把婉冰女士自遙遠的澳洲寄達的新詩集，「擾攘紅塵拾絮」（A GLIMPSE LIFE），遞到我手裡。我急不及待地翻開閱讀，新書果然令人愛不釋手。很快讓我大加感動的是，原來這本印製精美，蔚為大觀的詩集，竟然是作家送給母親祝壽的禮物！在扉頁上婉冰以最誠懇的語言寫道：「謹以詩集呈獻母親，恭賀華誕。敬祝母親福壽康寧，吉祥如意。」區區數句祝福，像磁鐵一般吸引着我的眼球。

婉冰老師的母親，太夫人鄧惠端女士，原是越南堤岸市一位多年從事教書，並受人愛戴的老「園丁」，老人家春風化雨，桃李滿門。不僅婉冰與夫君心水，一同受教於老人家門下，就是今天海外赫赫有名的「風笛詩社」成員中，和文壇作家也不乏曾受教於其門下者。婉冰女士以詩作而步入華文文壇十多年，成名後用詩集為禮物，給她老人家祝壽，女兒敬母之情深厚，其禮莫大焉！

「詩貴真情！一個優秀的詩人，往往具有豐富多彩的內心世界，細微的人生體驗，率真的情感方式。」詩評家曾如此說。

讀畢掩卷，我在想：「親情、愛情、友情」，這個千古不變的主體背後，無論如何都離不了「真情」二字。數千年來如此，數萬年以後依然如此。在「擾攘紅塵拾絮」裏，女詩人用優美的文筆，對刻骨銘心的親情；作了最好的詮釋，親情成為詩集的珍貴之處。親情在詩人筆下昇華凝結成為詩篇，成為永難磨滅的「真情」之碑石。鼓舞讀者，鼓勵來者，絕非僅僅是個創舉。

試讀「慈暉六帖之二」：

「母子連心通
頌慈顯孝著書中
反哺親恩重」

婉冰用詩的語言，把對父母的愛描寫及此。在詩集中諸多溢滿親情與愛戀的詩句裏，詩人以最虔誠和悲痛的心情，對仙遊的父親，表達了無窮懷思之意。對母親給予自己無私摯愛，充滿感激的心。作者欲對父母反哺無從之情，溢於字裡行間。已身為祖母級的作者，對子女兒孫輩飽含舔犢心境，這全是作者詩作和俳句中的重要內容和特色。

「曾經織夢期
搖身孫女正牽衣
思緒感遲疑
尚憶白藤堤畔約
夕陽霜鬢鏡影奇」

以上這首題名「人生」的短歌，細細吟詠，可以感受到微微顫抖的詩人脈搏和心靈，還有詩人眼眶內閃爍的幸福淚光。

「卷五的親情」用整卷篇幅新體詩，來敘述自己對家庭親情的感受。「慈暉」、「思親情緒」、從不同角度表達對父母的濃濃愛意。藉「光輝時刻」，讚美愛女學業的成就。以「含飴樂悠悠」為題，講述作者對每位孫輩充滿的無比關愛，寄託和期盼。筆者愚意，這些是全詩集的點睛之筆。由此管可窺婉冰表達親情的文筆風格，平淡自然中展示其簡潔樸素的個性，在自然中顯現的秀麗語句，散慢緩緩流露的真情。在讀者看來，其描述親情的詩句，皆是順筆寫就，自然天成。感情隨筆傾瀉，平中見奇，淡中含味。當然在其他篇章中，作者還有「白首誓證言」的鰜鰈愛，「相聚樂融融」的姐妹情，由此可領略作者是蘊涵博愛之性格和魅力。

借短句漢俳來演繹親情故事，是作家成功的另類嘗試。詩集中對親情思念的不同體裁，有十六首是用漢俳寫。其中以：「遊子四海馳，親心牽系盼歸時，風動喜驚疑」。慈輝六帖之六，情景為佳，有情、有心，使人動容。俳句節奏比較整齊，韻腳固定，富有韻律味及濃濃詩境，親切易上口，但寫來並非容易。僅用十七個字來反影複雜的親情，所含情感和生活的喻意，是需要厚實的古典文學為根底，非尋常筆力可以為之。婉冰有較深厚的國學基礎，兼具粵劇票友知音律，自然下筆流暢，如同「庖丁解牛」迎刃有餘。正好顯示在俳句中濃縮技巧，和駕馭文字中的能力。

詩中有情，情裡溢詩，與詩景相互輝映，正顯出作者特有的滄桑及歷史感。親情作品內的純淨無瑕，發諸內心的情感，又絕無點滴矯揉造作之態。王國維曾說：「詩詞貴自然」是此集的優美之處。

婉冰心地純明，為人謙敬，是重視情義之人。作品中不乏其對故鄉、故國、親情等等的熱愛。王國維推崇在思維藝術的創作過程中是自然之美，強調要味外有味，明澈易懂的傳神之作，才能稱得上是佳品。

據說給女作家做兒女很艱難，她們多把時間用在寫作上，忽略對孩子的關愛。最近，「青春之歌」作家楊沫的兒女曾撰文埋怨母親的薄情。而婉冰是在兒女成長後，才開始業餘創作。於文學和家務能妥善分配，讓子女在養育上並無遺憾。婉冰從事筆耕，僅五年時間出版了第一本散文和微型小說「回流歲月」，且獲多項文學獎。婉冰是生長在海外的第三代華人，傾心努力地為中華文化在海外傳播，堪稱功德。此集並未被時尚風潮渲染，是一本值得推崇閱讀的好詩集。

（作者定居新疆、業餘作家、現為「世界華文作家交流協會」會員。）

釀文學　PG0775

放逐天涯客
——婉冰極短篇小說集

作　　者　婉　冰
責任編輯　林千惠
圖文排版　邱瀞誼
封面設計　陳佩蓉

出版策劃　釀出版
製作發行　秀威資訊科技股份有限公司
114 台北市內湖區瑞光路76巷65號1樓
電話：+886-2-2796-3638　傳真：+886-2-2796-1377
服務信箱：service@showwe.com.tw
http://www.showwe.com.tw
郵政劃撥　19563868　戶名：秀威資訊科技股份有限公司
展售門市　國家書店【松江門市】
104 台北市中山區松江路209號1樓
電話：+886-2-2518-0207　傳真：+886-2-2518-0778
網路訂購　秀威網路書店：http://www.bodbooks.com.tw
國家網路書店：http://www.govbooks.com.tw
法律顧問　毛國樑　律師
總 經 銷　聯合發行股份有限公司
231新北市新店區寶橋路235巷6弄6號4F
電話：+886-2-2917-8022　傳真：+886-2-2915-6275

出版日期　2012年7月　BOD一版
定　　價　270元

Printed in Taiwan

國家圖書館出版品預行編目

放逐天涯客：婉冰極短篇小説集 / 婉冰著. -- 一版. -- 臺北市：
釀出版, 2012. 07
面； 公分
BOD版
ISBN 978-986-5976-28-6（平裝）

857.63 101007520

讀者回函卡

感謝您購買本書，為提升服務品質，請填妥以下資料，將讀者回函卡直接寄回或傳真本公司，收到您的寶貴意見後，我們會收藏記錄及檢討，謝謝！

如您需要了解本公司最新出版書目、購書優惠或企劃活動，歡迎您上網查詢或下載相關資料：http:// www.showwe.com.tw

您購買的書名：____________________

出生日期：________年________月________日

學歷：□高中（含）以下　□大專　□研究所（含）以上

職業：□製造業　□金融業　□資訊業　□軍警　□傳播業　□自由業

　　　□服務業　□公務員　□教職　□學生　□家管　□其它______

購書地點：□網路書店　□實體書店　□書展　□郵購　□贈閱　□其他

您從何得知本書的消息？

□網路書店　□實體書店　□網路搜尋　□電子報　□書訊　□雜誌

□傳播媒體　□親友推薦　□網站推薦　□部落格　□其他________

您對本書的評價：（請填代號　1.非常滿意　2.滿意　3.尚可　4.再改進）

封面設計____　版面編排____　內容____　文／譯筆____　價格____

讀完書後您覺得：

□很有收穫　□有收穫　□收穫不多　□沒收穫

對我們的建議：____________________

____

____

____

請貼
郵票

11466
台北市內湖區瑞光路 76 巷 65 號 1 樓
秀威資訊科技股份有限公司 收
BOD 數位出版事業部

....

（請沿線對折寄回，謝謝！）

姓　　名：____________ 年齡：________ 性別：□女　□男

郵遞區號：□□□□□

地　　址：____

聯絡電話：(日) ______________ (夜) ______________

E-mail：____